D1664770

LEO TUOR

ONNA MARIA TUMERA ODER DIE VORFAHREN

Aus dem Rätoromanischen von Peter Egloff

Limmat Verlag
Zürich

Autor, Übersetzer und Verlag danken der Fondation
Penelope Julliard für die Ermöglichung dieser Publikation.

Dieses Buch erscheint mit Unterstützung der *ch* Stiftung
für eidgenössische Zusammenarbeit, der Kantone und der
Oertli-Stiftung. Die Übersetzung wurde von Pro Helvetia
gefördert.

 reihe

Literatur in der Schweiz
in Übersetzungen

Im Internet
Informationen zu Autorinnen und Autoren
Materialien zu Büchern
Hinweise auf Veranstaltungen
Schreiben Sie uns Ihre Meinung zu diesem Buch
www.limmatverlag.ch

Umschlagbild von Steivan Liun Könz (1940–1998): Aquarell,
an den Autor geschickt am 6. September 1994. Das Bild
enstand als Reaktion auf einen Text von Leo Tuor, der sich
von ihm wiederum zu einem neuen Text anregen liess,
der Bestandteil dieses Buches geworden ist.

Typographie von Sonja Rössler

Titel der Originalausgabe:
Onna Maria Tumera ni lls antenats
© 2002 by Casa editura Octopus, Cuera

Für Christina

Seine Vorfahren stammten vom Wolf.

Er war neun Jahre alt. In seinem Dorf gingen damals am Sonntag alle in die Kirche, zwei Männer ausgenommen. Der eine war ein Protestant, der andere ein Taugenichts. Das war Mutters Verdikt.

«Was ist ein Protestant?», hatte der kleine Bruder gefragt.

«Einer, der nicht in die Kirche geht.»

«Warum geht er nicht in die Kirche?»

«Weil er ein Protestant ist.»

Die Frage hatte sich in die Antwort verbissen.

Dass seine Vorfahren vom Wolf stammten, ging Mutter nichts an.

Oria, die greise Stammmutter, liegt Nase zur Decke unter schweren Federbetten, schließt für lange Momente die Augen. Man sieht nur den Kopf im weißen Kissen. Und auf dem Kopf die weiße Spitzenhaube der Großmütter, die in den Märchen im Bett liegen.

Der Bub steht in der Tür, verdeckt ein Auge mit der Hand und kneift das andere zu, um besser fantasieren zu können. Er stellt sich vor, dort im Bett sei nur ein Kopf. Wenn er von dieser Vorstellung genug hat, stellt er sich eine vollständige Oria vor, aber mit dem Kopf einer Wölfin unter der Spitzenhaube. Dann wird Oria grün, ihre Nase wird lang und flach, bekommt etwas von einer riesigen Mundharmonika, und Zähnchen schauen seitlich heraus, als ob sie lachen würde.
Oria ist ein Krokodil mit Großmutterhaube.
Die Alte öffnet die Augen und fragt: «Bub, was machst du?», und er erzählt, und sie zeigt sich vom Nachkommen beeindruckt.
Oria war keine Urgroßmutter, die von Rotkäppchen erzählte. Orias Wolf war die säugende Wölfin, die Wölfin von Rom.

Oria war ganz in Schwarz gekleidet, wenn sie auf war, und sie trug ein weißes Hemd und eine weiße Haube, wenn sie im Bett lag. Es gab die weiße Oria und die schwarze Oria.

Er spürt, wie sich sein Körper regt und dehnt, erwacht.

Warum interessiert er sich für seine Vorfahren? Ist es gut zu wissen, woher man kommt? Ist es trostlos zu wissen, wohin man kommen wird?

Die schiere Verzweiflung wäre es für seinen Vater gewesen. Der war auf der Jagd schwer verletzt worden und hatte dabei seine Männlichkeit verloren, hatte das nie verwinden können und schließlich Gott und alle seine Heiligen in die Hölle verflucht, Schluss gemacht und eine Frau und fünf kleine Kinder hinterlassen. Aber das war eine andere Geschichte.

Die Mutter war hart geworden. Sie hatte das lange Gesicht leidender Frauen bekommen, hatte dem Vater nie verzeihen können. Was sollte sie allein mit fünf Kindern anfangen? Funktioniert ein Mann so simpel?

Die Mutter hatte den Bub zur Großmutter von Vitg gegeben, Vaters Mutter. Alle sagten «der Bub», weil er hieß wie sein Vater. Und dieser Name wurde in der Familie nicht mehr ausgesprochen.

Ansonsten war Großmutter nicht kompliziert. Sie war einfach da, vertrat und verkörperte die Vorfahren.

Immer wieder fragte die Großmutter von Cuoz: «Welche Großmutter hast du lieber, die von Vitg oder die von Cuoz?» Er wand sich mit einem Trick aus der Schlinge: «Alle beide!»

«Von den Pflichten der Hebamme gegen Verunglückte und Scheintodte

Es kann sich wohl in jeder Gemeinde, so klein sie auch ist, der Fall ereignen, dass ein unglücklicher Mensch durch ungewöhnliche Ereignisse in Gefahr kommt, sein Leben zu verlieren, oder durch eine krankhafte Verwirrung seines Kopfes und Herzens sogar auf den Gedanken geräth, Hand an sein eigenes Leben zu legen. (...) Dem Erhenkten muss der Strick sofort abgeschnitten werden. (...) So einfach diese Regel auch scheinen mag, so häufig wird dagegen gefehlt; denn die lächerlichsten Vorurtheile verhindern oft die Rettung des Menschenlebens. Der Eine behauptet, der Verunglückte müsse so lange an dem Orte, wo er den scheinbaren Tod fand, liegen bleiben, bis die Gerichtspersonen ankommen, damit diese sich selbst überzeugen, auf welche Weise der Mensch ums Leben gekommen; der Andere glaubt gar, das Abschneiden des Stricks bei einem Erhenkten sei eine entehrende Handlung, sie sei die Gerechtsame eines gewissen Standes, welche sich mit der Beseitigung todter Tiere abgiebt. – Die von der Wichtigkeit ihres Standes und von dem Werthe eines Menschenlebens durchdrungene Hebamme denke anders. Wo es daher ihre schwachen weiblichen Kräfte erlauben, schreite sie (z.B. durch Abschneiden des Strickes) ohne Weiteres zu diesem Liebeswerke.»

Dr. Jos. Hermann Schmidt's Hebammenbuch, Chur 1850

Warum nimmt einer, der seinem Leben ein Ende setzt, zuvor noch ein Bad und kämmt sich?

«Der Rota-Arm (von Ingenieur Meyer von den Rotawerken in Aachen) ist etwas leichter und gefälliger als der Jagenbergsche Arm. In seiner Beweglichkeit geht er über diejenige des menschlichen Armes erheblich hinaus ...»

Pieder Paul Tumera, mein Großvater, Turengia genannt, trug werktags den Arm mit Haken und an Sonn- und Feiertagen den Arm mit der schwarzen Lederhand. Es gab den Großvater mit Kralle und den Großvater aus Leder.

Als er geboren war, hatte der Großvater sich mächtig gefreut und den Kleinen gleich auf den Arm genommen. Was für ein Anblick – eine Prothese, die leise einen Säugling wiegte, und das winzige Köpfchen in der mächtigen verbliebenen Hand. Der Kleine schrie aus vollem Hals.

«Das Leben ist banal. Deshalb muss man es variieren. Werde ein Meister der Variation, und wenn dir das nicht beschieden ist, so sei dein Leben zumindest kurz und dein Tod leicht.»

Da hatte der Kleine erstmals die Stimme seines Vorfahren vernommen und zu lachen angefangen. Aber die Großmutter hatte gesagt, das sei die Kindergicht, auch Engelslachen genannt. So kleine Kinder könnten noch gar nicht lachen.

Der Großvater döst in der Sonne auf der Bank vor dem Haus. Ab und zu zieht er an seiner Pfeife, an deren Mundstück der Gummiring einer Bierflasche verhindert, dass sie den zahnlosen Kiefern entgleitet. Zwischendurch kommentiert er die Gemeindepolitik. Als sich die Sonne dem Horizont nähert, ist er in Bern angelangt, und wie sie untergeht, in Washington und Moskau.

Der Kleine thront wie ein Pascha in seinem Sitz, döst in der Sonne, zieht regelmäßig am Schnuller mit dem Ring. Hört von fern Großvaters Stimme, wie er mit halb aufgeknöpfter Weste ihnen beiden, zahnlos und kahl, die Politik der weiten Welt erklärt.

Großmutter war die Tochter eines anderen.

Deswegen brauchte sie sich nicht zu grämen. Außer ihrer Mutter wusste das niemand. Ihr Herrgott wusste es vermutlich auch, aber den schien es nicht groß zu beschäftigen, wer von wem sei. Er war ein Herrgott, der sich nicht in private Angelegenheiten einmischte. Ein Herrgott, der kein Waschweib zu sein schien.

Entscheidend war, dass die Leute von nichts wussten.

Kommts drauf an, woher man kommt? Die Leute wollen die Dinge an ihrem Platz wissen. Wenn die Leute wüssten, was in einem Dorf so alles geht und läuft, wüssten, wer tatsächlich von wem ist, wüssten, wer wie viel hat!

Die Leute, das ist eine Nase auf zwei Beinen. Diese Nase ist überall. Sie geht durch die Straßen wie der Pikenträger an der Landsgemeinde, benimmt sich wie der Pikenträger, ist angezogen wie der Pikenträger, hat einen Dreispitz auf wie dieser, mit einer Ecke nach vorn und zwei nach den Seiten, und hintendran gerade. Die Nase verbeugt sich tief nach vorn und hinten. Bis zum Boden.

Die Mutter war ein Problem. Sie war stillgestanden. Hatte die Gefühle verloren. War verfangen in der Missetat ihres Mannes, welche sie nicht mehr losließ. Und konnte nicht über dieses Grauen sprechen. Das Schweigen ist ein Kleister, der die Seele ans Fleisch pappt.

Die Mutter war ein Gesicht, das sich nur noch in die Länge zog. Ihre Hand verdorrte.

Der Bub wünschte aus ihrer Hand lesen zu können, wie alt sie würde.

Sie ist steinalt geworden.

Die Mutter war ein kalter Specksteinofen.

«Ho, ho, ich meint' in blondem Haar zu wühlen
und muss nun hier zwei wüste Hörner fühlen.»

Gebhard Stuppaun, Die zehn Lebensalter, Ardez 1564

«Alle, die ihm mit der Hand über den Kopf gestrichen hatten, waren erschrocken und verstummt. Da wuchs einer heran, nahm Tag für Tag an Größe, Alter und Weisheit zu und bekam Hörner.»

Nach diesen Worten nahm der Großvater die Brille von der Nase und erhob sich feierlich. Wurde vom Erzähler zum Moses, der soeben am Fuß des Berges die Gesetzestafeln zerschmettert hatte.

Er hatte, in Pantoffeln, etwas sehr Wichtiges gesagt.

Als wir klein waren, durften wir den Fernsehapparat nicht anrühren, geschweige denn Knöpfe drücken oder gar drehen.

«Hände weg vom Parat», sagte Großvater, halb zum Spaß, halb im Ernst. Die Abkürzung gefiel ihm. Er machte banale Verse und sagte sie her, wann immer ihm die Kiste in den Sinn kam:

«Darf er nicht an den Parat
wird der Bub gleich rabiat.»

Vom Parat herunter schaute mit entschlossener Miene die Büste eines Bruder Klaus aus gelblichbraunem Holz mit langem, bärtigem Asketenschädel. Etwa ab der Stelle, wo der Bub zu jener Zeit das Herz des Menschen vermutete, war der Rest des Körpers abgeschnitten. Um sich nicht einen entzweigesägten Körper vorstellen zu müssen, redete er sich ein, der Rest des Körpers stecke im Parat, aber die Arme waren halt doch verstümmelt. Diese Figur, wie sie so schaute und schaute, hatte etwas Beunruhigendes.

Rechts vom Heiligen bewahrte Großvater seinen Feldstecher auf. Finger weg vom Feldstecher. Finger weg vom Parat.

In jenen Jahren, da die Großmütter Kinder kriegten, gab es Piusse und Pias am laufenden Meter. (Der weibliche Pius ist die Pia, nicht die Piua. Piua nannte Großvater die einzige Kuh des Pius, bei welcher ein Horn ziegenartig nach hinten zeigte, das andere geradeaus nach vorn.)

In hellen Scharen waren die Kinder nach den beiden Päpsten Pius XI. und Pius XII. getauft worden, die aufeinander gefolgt waren. Bereits zu Beginn des Jahrhunderts hatte es einen Pius gegeben, und etwa um die Mitte des vorhergehenden Jahrhunderts hatten ebenfalls drei Piusse regiert.

Die Piusse hatten aufgeräumt. Einer hatte dem Jesuitenorden wieder auf die Beine geholfen, einer hatte in Sachen unbefleckte Muttergottes sauberen Tisch gemacht und der Welt weisgemacht, dass der Papst unfehlbar sei. Einer hatte den Modernismus bekämpft und war vom übernächsten Pius heilig gesprochen worden. Pius XI. hatte knüppeldick Enzykliken zu Ehe und Erziehung herausgegeben, hatte dem Kommunismus den Tarif erklärt und sich von der Ökumene distanziert. Der letzte Pius war ein Monarch gewesen, runde Brille, gläserner Blick, hatte weiterhin den Kommunismus gepiesackt und verkündet, «nachdem Wir nun immer wieder inständig zu Gott gefleht und den Geist der Wahrheit angerufen haben», dass es eine von Gott geoffenbarte Glaubenswahrheit sei, «dass die unbefleckte, immer jungfräuliche Gottesmutter Maria nach Vollendung ihres irdischen Lebenslaufes mit Leib und Seele zur himmlischen Herrlichkeit aufgenommen worden ist», um dann sofort auf die Konsequenzen zu sprechen zu kommen:

«Wenn daher, was Gott verhüte, jemand diese Wahrheit, die von Uns definiert worden ist, zu leugnen oder bewusst in Zweifel zu ziehen wagt, so soll er wissen, dass er vollständig vom göttlichen und katholischen Glauben abgefallen ist.» Das war jene Ankündigung vom ersten elften neunzehnhundertundfünfzig.

«Er hat ein Problem», hatte Oria kommentiert.

Großmutter hatte an die Wand gleich unter die Kuckucksuhr einen Pius XII. gehängt, wie man ihn im Dorf von Tür zu Tür verkaufte. Er posierte in einem Oval aus Bronzeguss, welches wiederum auf einen Rhombus aus lackiertem Tannenholz geklebt war. Ein Pius im Profil, das Käppchen auf dem Hinterkopf, die Lippen schmal. Der Bub stellte sich vor, dass der Papst nie rennen konnte, ja nicht einmal mit dem Kopf nach hinten lehnen durfte oder sich nach vorne beugen und zwischen den Beinen hindurch die Welt hinter sich umgekehrt betrachten konnte, weil er sonst jedes Mal sein Käppi verloren hätte. Was für ein steifes Leben musste das sein.

Später war dem Bub in Vaters Knaur, dessen Rücken ganz zerfranst war vom vielen Herausziehen aus dem Regal, etwas aufgefallen. Die Fotografie des gleichen Pius fand sich da neben dem Bild des Francisco Pizarro, Marqués de los Charcas y de los Atabillos. Beide hatten dieselben Augen und denselben Mund und dieselben glatten Wangen. Der eine mit Bart und Helm und Federn und Flaum, der andere mit Käppchen und bartlos, aber mit derselben Physiognomie aus Stahl.

Wer hatte auf seinen Vater geschossen in den Bleisas Verdas? Wie lange hatte der Schuss in den Felsen widerhallt? Hatte der Räuber den Schuss gehört? Hatte der Vater den Schuss gehört, das Feuer im Elsass gesehen? Wie ist es, wenn eine 270er-Kugel in den Körper dringt, das Fleisch zerfetzt? Wie sieht ein Finger aus, der sich ohne Zittern zum Schuss auf einen Menschen krümmt?

«Dein Vater hatte *il rir homeric»*, das homerische Lachen.
Der Bub dachte an *America*.

«Dein Vater hatte das Lachen, das nicht unterdrückt werden kann. Das boshafte Lachen der alten Götter, das gnadenlos in den Schattenwänden des Kaukasus donnerte. Bei
Rabelais wird noch so laut und öffentlich gelacht, im Don
Quijote noch laut. Ab dem achtzehnten Jahrhundert wird
das Lachen besänftigt.

Jetzt ist das Lachen entwischt.

Dein Vater gehörte zur Alten Welt.»

«Für ihn ist es besser so», sagten sie zur Mutter, weil sie nicht wussten, was sie sagen sollten.

Pieder Paul Tumera, genannt Turengia, war sich nicht so sicher, dass es für den Toten so besser sei. Er hatte die Erfahrung gemacht, dass sein Armstumpf ihn in bösen Momenten bis in die Fingerspitzen hinaus schmerzte. Schlimmste der Möglichkeiten war also, dass der Leib vergangen sein mochte, die Hölle aber blieb. So spekulierte Großvater – ha! – wie Ahab, der wider die dunklen Mächte gewettert hatte: «Und wenn mich mein zermalmtes Bein immer noch schmerzt, wo es sich doch längst in ein Nichts aufgelöst hat, wäre es da so ganz undenkbar, Mensch, dass du die Glut ewiger Höllenpein spürst, ganz ohne Körper? Ha!»

«In Ansehung der Kleidung soll die Gebährende leicht gekleidet und nirgends gebunden, oder beschwert seyn, auch das Tragende leicht gewechselt werden können.»

Leitfaden zum Unterricht für Hebammen und ihre Lehrer, 1807

Er wollte sich nicht mit dem Kopf nach unten drehen. Sein erster Protest. Umsonst, die Geburt ließ sich nicht verzögern.

Es war eine Überschwemmung. Rauschen, gurgeln, strömen, ein Dröhnen in den Ohren. Herausgerissen werden aus dem Mutterschoß. Der schmale Weg durch den Geburtskanal hinaus ins Neue, das sich öffnet.
So also war die große Welt, die sich ihm Wehe um Wehe aufgenötigt hatte: hell, hart, kalt.
Und er war ein Bub, und das Runde musste gerade werden, der Kreis zur Linie.

«Die Kindbetterin, dem Bösen besonders ausgesetzt, soll nicht ins Freie gehen, bevor sie in der Kirche war», hatte der Schwarzrock damals gesagt. «Oder nur mit Schirm oder mit einer Schindel auf dem Kopf, oder verkleidet, damit man sie nicht erkennt, wenn sie vorher unbedingt ins Freie muss», ergänzte nun Großvater, der die Regeln auch in ihren Varianten kannte.

Hatte der Schwarzrock, wie sie den Pfarrer nannte, zu Oria gesagt. Sie war Mutter geworden, war des Schwarzrocks unendlich langer Knopfreihe zuvor noch nie so nah gewesen und stellte sich vor, wie es wäre, wenn der Wanst des Mannes im Talar vor ihr sich noch mehr blähte, sodass die breite Schärpe um seinen Leib schließlich platzen und die winzigen Knöpfe einer nach dem andern – pingpingping – vom Bauch wegspringen würden.

Und der Schwarzrock wurde zum Geistlichen, und der Geistliche zum Einflüsterer, der über sie hinmurmelte, auf dass der böse Feind ihr nicht schaden könne, *nihil proficiat inimicus in ea.*

Die Benediktiner, seine Lehrer, wollten nicht allzu viel bemerken. Uneinnehmbare Festungen waren sie, seine Lehrer. Es war die Zeit des Frontalunterrichts. Das ist eine schwarze Tafel an der Wand, ein Lehrer in einer weißen Arbeitsschürze hinter einem Pult, eine Büchermauer auf dem Pult, dahinter die Bänke mit je zwei Schülern. Die Streber zuvorderst, Gesindel und Giraffen ganz hinten. Die Duckmäuser an den Seiten. In den Bänken hat er gelernt, ruhig zu sein, das zu sagen, was sie hören wollten. Sie wollten ab der ersten Klasse hören, dass man nicht für den Lehrer zur Schule gehe, dass die Strafe auf dem Fuß folge, dass der Krug zum Brunnen gehe. Stopp. Ein gehender Krug, das interessierte ihn. Ein Krug mit Vogelbeinen und vielleicht auch mit Flügeln. Hatte er eine Kappe auf? Der Krug hatte eine Kappe auf. Und schon war er in einer andern Welt als der des dahindozierenden Lehrers.

In der Schule hat er gelernt, so zu tun, als ob er dem Lehrer zuhöre, während sein Kopf woanders war, zum Beispiel bei der Geschichte vom Krug, der ging und noch viel mehr konnte als das. Diese Technik des vorgetäuschten Zuhörens bei gleichzeitigem Träumen hat sein Hirn geschult. Er lernte so, zwei Dinge zugleich zu tun: an seiner eigenen Geschichte zu spinnen und dabei doch dem Lehrer zuzuhören, um die gewünschte Antwort geben zu können und nicht aufzufallen.

Kann man so durchs Leben gehen?

Es gab zu jener Zeit viele Schulen: den Kindergarten mit der Tante, die zeigte, wie man sang und betete, dann die Schule, wo man lesen, schreiben und rechnen lernte, dann die Sekundarschule der Großen, die schrecklich lang waren, eine picklige Haut und einen viel zu großen Kehlkopf hatten und halb erwachsen rochen, und dann noch die Schule des Lebens. Von dieser erzählte der Lehrer am meisten. Sie werde jenen den Kopf zurechtrücken, denen der Lehrer die Hörner nicht genügend habe abstoßen können.

Großvater hatte etwas anderes gesagt. Die Schule des Lebens sei ein Kindergarten. Aber das sollte er erst mit vierzig begreifen.

Die Mädchen rochen in den ersten Klassen noch wie wir. Nicht besser, nicht schlechter, und ihr Atem war derselbe. Das sollte sich ändern, gründlich.

Eine Stubenecke war mit Heiligenbildern voll gehängt. Über dem Kanapee schaute ein großer heiliger Josef von der Wand. Der Bub stellte sich vor, dass er die Augen rolle. Manchmal sah man das Weiße, manchmal streckte er auch die Zunge heraus, aber nur wenn Großmutter den Rücken gekehrt hatte. Manchmal hatte er auch ein Blümchen im Mundwinkel. Ein Workaholic, aber sonst über die Maßen solid. Wenn es sein musste, konnte er sich auch beeilen. Das hätte man ihm eigentlich gar nicht zugetraut. Schwupps den Esel und seine Siebensachen und die Muttergottes und den Herrgott nehmen und nach Ägypten verschwinden.

Tscholi oder Held, Handlanger oder Ziehvater, dieser Heilige hat ihn immer beschäftigt. Fast noch mehr als jener, den sie an den Marterpfahl gebunden und über und über mit Pfeilen gespickt hatten, als ob er unter die Indianer gefallen wäre.

Eines Tages hieß es, der Pfarrer sei Kanonikus geworden. Was das genau ist, weiß ich bis heute nicht. Großvater sagte, das habe etwas mit der Postur zu tun, vor allem mit dem Nacken, und quittierte die Nachricht mit dem Reim:
«Kanonikus Kanaster
stiehlt Maudimutz den Zaster.»
Das trug ihm einen wenig freundlichen Seitenblick von Großmutter ein. Da begann Großvater des Langen und Breiten zu dozieren über Kanoniker und Kanoniere, Kanonisten und Kanonissen, bis wir nicht mehr wussten, wo uns der Kopf stand. Großvater war ein großer Freund der Wörter und wusste, woher sie kamen. Er sagte, die Wurzel all dieser Wörter sei babylonisch, und schüttelte dann allein für das Wort «Kanon» dreizehn verschiedene Bedeutungen aus dem Ärmel, bis Großmutter «Hör auf!» sagte, worauf er seine Ausführungen mit dem Wort «Kanone» beendete, das er von *canna,* Spazierstock aus Meerrohr, herleitete, sodass er auf seinem *tour d'horizon,* wie immer, bei einer seiner bevorzugten Gerätschaften angelangt war: bei einem Ding mit einer Krümmung.

«Eins, zwei, drei
das Huhn sitzt auf dem Ei.»

«Was war zuerst, das Ei oder das Huhn?», wollte Großvater wissen, während er mit zwei Eiern in der Hand aus dem Hühnerstall trat und sein Schnauz sich hin und her bewegte. Am einen Ei klebte ein Endchen Stroh, und in seinem Mundwinkel klebte ein Zentimeter erloschene Toscani. Man musste gut hinschauen, um sie zu sehen.

Am Anfang war das Wort, *il vierv*, hatte es im Religionsunterricht geheißen. Also muss das Ei, *igl iev,* vor dem Huhn da gewesen sein, denn *vierv* und *iev* klingen gleich, machte sich der Bub seine Gedanken. Aber es kam drauf an, ob man im Hühnerstall war oder im Religionsunterricht oder sonstwo.

Am Anfang des Lesebuches war der Gnom. Er hielt eine Tafel, die mit Blättern und Blumen umkränzt war – wie jene, die am Musikfest am Eingang und am Ausgang des Dorfes über der Straße hingen. Der Gnom trug einen schwarzen Mantel und auf dem Kopf einen Riesenhut. Darunter hingen die Haare weit über die Ohren, und der Bart, den er mit der Faust unter dem Kinn zusammenhielt, war so lang wie der Mantel. Er hatte eine runde Brille auf, die Augen waren zwei kleine Knöpfe. Er war etwas zwischen Sankt Nikolaus und einem Dompteur. Die rechte Hand bedeutete einem, still zu sein, der Zeigefinger war mahnend erhoben. Unterm linken Arm war der Stock bereit, und auf der Tafel stand blau geschrieben, was er gesagt hätte, wenn er aus dem Buch gestiegen wäre:

«Kleiner Knirps, nimm dich in acht,
behandle nicht das Büchlein schlecht!
Machst du ihm Ohren, Risse, Flecken,
musst du fürchten meinen Stecken.»

Am Anfang des Lesens war die Drohung.

Der Schwarzrock hatte den Kindern verboten, ohne Grund durch den Friedhof zu gehen, nur weil es die Abkürzung war auf dem Weg in den Dorfladen. Er wolle ab sofort keinen mehr erwischen. Und die Gittertore seien geschlossen zu halten, damit keine Hunde hineingingen.

Er fürchtete den Herrn Kanonikus. Von da an nahm er nur noch zusammen mit Großvater und Großmutter die Abkürzung durch den Friedhof. Die Großen, so hatte er festgestellt, machten nicht immer, was der Schwarzrock sagte. Jedes Mal schaute er zum Christophorus hinauf, der groß wie ein Ochse neben dem Portal an die Kirchturmmauer gemalt war. Jedes Mal, wenn man durch den Friedhof ging, musste man an ihm vorbei. Jedes Mal bekreuzigte sich Großmutter und sagte leise ein Gebet. Jedes Mal fuchtelte Großvater in der Luft herum und deklamierte laut:

«Heiliger Stoffel groß und fest,
Hat getragen Jesum Christ.
Peter Paule fest und groß,
Hat getragen Holz fürs Floß.»

Der Bub schaute auf die Riesenfüße des Christiefel, wie Großvater den Riesen mitunter auch nannte, kniff die Augen zu einem schmalen Schlitz zusammen, schaute höher und höher, sah, wie sich der Kopf in einen Hundekopf verwandelte, nicht böse, nur schräg und irgendwie vertraut. Erblickte plötzlich den Kynokephalus.

«Der Kynokephalus ist nicht zu verwechseln mit dem Kephalophoren. Der eine ist ein Hundeköpfiger, und der andere ist der Kopfträger», dozierte Großvater, der in der Ikonografie der Heiligen um einiges besser Bescheid wusste als der Pfarrer. Und wenn niemand mehr folgen konnte, sagte er, dass er *ad usum delfini* und *in maiorem dei gloriam* zusammenfasse:

«Der eine ist Sankt Christophorus, und der andere ist Sankt Plazi.»

Und die Leute schauten einander dümmlich an und nickten bestätigend.

«Die Asylanten sind eine Brut», sagte Onkel Blau, «beziehen jeden Monat eine schöne Stange Geld vom Staat. Während viele Schweizer Familien mehr schlecht als recht durchkommen, machen die den ganzen Tag nichts, spazieren mit teuren Lederjacken herum. Wir könnten uns so etwas nicht leisten. Im Mercedes fahren sie herum, betrügen die Leute, bringen Schweizer um. Ich werde halb verrückt, wenn ich durch Chur gehe. Man sieht fast nur noch solche Typen.»

Der Großvater bewegte den Schnauz hin und her, zwinkerte dem Bub zu und pfiff:
«Cur che jeu tras Cuera mavel ...»

Es war die Zeit der kurzen Haare, und nur wenige Privilegierte durften mit Erlaubnis der Eltern so aussehen wie die Beatles.

Der Bub steht in der Tür, klingeling, der Vater hats befohlen. Der Frisör sagt aaaalsodann, nimmt ein quadratisches Lederkissen aus einem Wandkasten, haut das steife Stück mit der Faust in den Sessel, damit der Bub hoch genug zu sitzen kommt. Der Frisör hebt ihn in den Sessel. Mit seiner Sandale pumpt er einen Hebel, der aussieht wie das Startpedal an einem Töff. Der Sessel hebt sich. Der Frisör macht jedes Mal dieselben Sprüche, er ist gleichzeitig auch ein Kiosk, klingeling, sagt, er sei gleich wieder da, verschwindet durch den Vorhang, verkauft ein Päckli Stella Filter und eine Rolle Pfefferminz, schwatzt eine Ewigkeit, klingeling, kommt durch den Vorhang, sagt aaaalsodann, heißt ihn den Kopf nach vorne beugen, bindet ihm den langen Frisörslatz um – der Bub hat jetzt keine Arme mehr und ist dafür breiter geworden –, reist glattes Papier von einer Rolle hinter dem Stuhl und schiebt ihm das steife Zeug zwischen Hals und Kragen. Der Frisör geht hinüber und blickt durchs Schaufenster auf die Straße hinaus.

Srrr fährt die Maschine, am Anfang noch kalt, gnadenlos den Nacken hoch durchs Haar, fräst, au, eine verschorfte Stelle weg – tu nicht zimperlich! –, fährt weiter und macht ihre Arbeit so lange, bis am Schluss alles, was er hatte, am Boden liegt. Dort wird er zu einem Häufchen gewischt, zahlt einsfünfzig und ergreift die Flucht, nackt, verraten, dem Gelächter der andern ausgeliefert.

Das waren die Momente, wo er ein Mädchen hätte sein wollen.

Schulbänke sind Joche, die immer zwei und zwei zusammenhalten. Kirchenbänke sind Joche, die immer zehn und zehn zusammenhalten. Reihe um Reihe, und wenn man einmal in der Reihe sitzt, gibt es weder Hin noch Her noch Ein noch Aus. Reihen, Pferche, und man konzentriert sich auf Gott den Allmächtigen. Aber die Bänke knarren. Das ist der Teufel, der in ihnen steckt.

Wer ist Gott? Ein Patriarch mit weißem Bart, den man immer nur sitzend erblickt hat. Blaue Augen. Ein weißer Großvater mit menschlichen Zügen.

Sein geheimer Gott hatte ein anderes Ebenbild. Geheim deshalb, weil er niemandem sagen durfte, wie der aussah: Hundeohren, darum zweifellos ein Ägypter. Er hat das seine ganze Kindheit lang für sich behalten müssen. Der Pfarrer hätte das nicht begriffen. Das wäre für den zu viel gewesen. Der hätte ihn am Kragen gepackt und seinen Kopf fünfmal, zehnmal auf die Bank geknallt, bis er aus der Nase geblutet hätte. Hätte ihn geohrfeigt, bis er erledigt in einer Ecke gelegen wäre. Hätte ihm mit dem Evangelienbuch eins über den Kopf gezogen, dass er wie ein Sack zu Boden gegangen wäre. Hätte ihn – Herr, gib mir Flügel! – an den Ohren hochgehoben und schreien lassen wie am Spieß. Aber das Schlimmste wäre gewesen, dass er ihn die Geschichte gar nicht hätte zu Ende erzählen lassen. Die Erwachsenen hören nicht bis am Schluss zu. Sie verpassen die vollständigen Geschichten.

«Harrrjesssas» war der Ausdruck, den Großvater am häufigsten brauchte. Der Lehrer hatte behauptet, dass es keine Wörter gebe mit dreimal demselben Buchstaben hintereinander. Und da hatte der Bub Großvaters Beispiel, das er jeden Tag hörte, mit sogar zweimal drei Buchstaben hintereinander. Die korrigierte Schreibweise des Lehrers, Herr Jesus, war absurd. Von da weg war die Schule für den Enkel ein Saftladen. Waren Lehrer solche Hosenscheißer, dass es für sie keinen Harrrjesssas geben durfte, nur weil das Wort nicht im Wörterbuch stand?

Überhaupt, das Wörterbuch. Es war in der Schule die absolute Autorität. Es fixierte die Wörter, da gab es nichts zu markten. Die Wörter waren darin festgenagelt, so und nicht anders musste man sie schreiben. Der Lehrer hielt zum Wörterbuch, hörte nicht auf uns. Und das Wörterbuch hielt zum Lehrer. Es war eine heilige Allianz. Das Wörterbuch nannten wir nur *voc* und den Lehrer *scoli*. Denn da pflegten wir gerade den Spleen, alles abzukürzen. So wie es eine Phase gab, wo wir über ganze Seiten hin unsere Unterschriften trainierten, und eine Phase, wo wir uns die Namen unserer Idole auf die Arme malten. Und der scoli war das voc und das voc der scoli. Das war uns einerlei, gegen diesen Filz hatten wir ohnehin keine Chance. Unsere Diktate kamen über und über rot zurück. Der scoli, völlig verstört, vertrug in diesen Momenten keinen Pieps, sorgte mit dem voc für Disziplin, wenn dieses – harrrjesssas – mit flatternden Seiten quer durch die Schulstube dem Nachkommen in die Fresse flog.

Alle hatten einen Übernamen in unserer Gemeinde. Großvater war der Harje. Ich weiß nicht, ob er es wusste. Es hätte ihm wehgetan. Es tat auch mir weh. Sie sagten nicht Großvaters Harrrjesssas, das wohltönende, das einmal Verwunderung ausdrückte, ein andermal eine Klage war und dann wieder das Pünktchen auf dem i – ganz je nachdem, wann und wo Großvater es brauchte. Sie sagten ein kurzes, trockenes Harje, begleitet von einem boshaften Grinsen, das für Sekunden in einem Mundwinkel hängen blieb.

Mitunter sagten sie die Übernamen nur, um sie auszusprechen, besonders wenn sie noch neu waren, und sie sagten sie nur, wenn die Betreffenden nicht da waren. Es gab Leute mit zwei oder drei Übernamen.

Sie blühte in unserer Gemeinde, die Kultur der Übernamen. Da waren viele Tiere Afrikas unterwegs und fast alle Karten aus dem Tarockspiel. Maribarla Safoia: die Päpstin; Clau Spinas: die Kuh; Landammann Castelbert: Becher-König; Giacun Ten: das Huhn. Barlamengia Baronchelli war die Rakete, weil man sie immer nur in Eile sah. Giacasep Castrischer war der Beschtziit, seit er das Clubrennen am Ziel kommentiert und immer wieder dieses Wort ins Megafon gebrüllt hatte. Den Dumeni Calaberg nannten zuerst die Buben, später auch die Erwachsenen nur noch Dumeni Deckel, weil er den Buben immerzu sagte: «Wenn ihr damit nicht aufhört, gibt's eins auf den Deckel.» Fanezi Talianer war der Maggagliini, seit er seinen Hund auf die Alp gegeben und zum Hirten gesagt hatte: «Und wenn er magga Gliini, du sslaga tot!»

Ganze Familien kannte man nur noch beim Übernamen, es war eine Pest, und man musste überlegen, wer nun gemeint sei, wenn einmal ein Fremder sich erkundigte, wo der und der wohne, und dabei den richtigen Namen nannte.

Unsere Sippe wurde die Harjes genannt, dann gab es die Hopsis, die Hüschthotts, die Jokaschtänka, die Kannalles und viele mehr, und immer wieder gab es neue Namen und kuriose Erfindungen ohne Ende und Erbarmen.

In der Scheune gab es nur Gerümpel:
Einen Wisch altes Heu, Holzkisten und kaputte Körbe, die
wir zu einer Hütte zusammengebastelt hatten, altes Werk-
zeug, Dachziegel – zehn verschiedene Sorten, eine Anzahl
alter Sprossenfenster, aneinander gelehnt und alle mit
einem Loch in der obersten Scheibe rechts, seit Dumeni
(den Onkel Blau nur Demuni nannte) mit dem Flobert eine
.22 Standard durch die Reihe gejagt hatte, ferner alte Pflü-
ge, Eggen, Feldgerät. Was davon wertvoll gewesen war, hatten sie dem Cadusch in den siebziger Jahren halb umsonst
gegeben. Der Kessler hatte die Hunderter auf den Tisch
gelegt, schon bevor der Handel abgeschlossen war, und da
hatten sie gedacht, es sei wer weiß wie viel. Dann gab's da
noch zwei Beigen Bretter, Spinnweben, Heublumen, Staub,
Vogelnester im Gebälk, Mäusenester unterm Tenn.

Am Scheunentor hing ein Vorhängeschloss.

«Sakkerment Buben!», machte Onkel Blau, «früher hätte
man so was einmal versuchen sollen. Ihr könnt etwas erle-
ben, wenn ich nochmals einen sehe, der die Scheunenwand
hochklettert.» Und das Gebiss stand ihm ein wenig vom
Gaumen ab, sodass er aussah wie ein kranker Tiger mit
einer Schublade in der Schnauze.
In der Scheune spielten wir Tomsoier und Hackelberifin,
mit den Mädchen Blindekuh und sonst noch allerlei, und
vor der Scheune rumpelte Onkel Blau sein Sakkerment.
Denn in die Scheune kam er nicht mehr, seit er einmal den

Dumeni hatte packen wollen, dieser auf die Tennreite geflüchtet war, Onkel Blau wütend hinterher, der Knirps hob flugs zwei Ziegel hoch und war hopp! ab durch die Latten auf dem Dach. Blau musste zwei weitere Ziegel wegnehmen, um folgen zu können, dachte schon, jetzt habe er diesen Lump. Der Lump aber stand zuunterst an der Traufe und: «Wenn du herunterkommst, spring ich.»

Das war dem Onkel Blau doch in die Knochen gefahren, sakkerment. Ein letztes «Wart, wenn ich dich kriege!», und dann Abgang durch die Ziegel und hinunter aufs Tenn und zur Scheune hinaus, von oben bis unten verdreckt.

Einmaleins rückwärts
man hat einen Vater und eine Mutter
man hat zwei Großväter und zwei Großmütter
man hat vier Urgroßväter und vier Urgroßmütter
man hat acht Ururgroßväter und acht Urur-
großmütter
man hat sechzehn Urururgroßväter und sechzehn
Urururgroßmütter
man hat zweiunddreißig
vierundsechzig

«Was die Deutschsprachigen Stammbaum nennen und wir *stemma* oder *genealogia,* ist ein Eichenwald», sagte in bedeutungsschwerem Ton Onkel Riget, Bruder der Großmutter väterlicherseits.
Und er fuhr mit dem Gedächtnis eines Elefanten fort:

«Einer deiner zweiunddreißig Urururgroßväter, der Urgroßvater deiner Urgroßmutter, Mutter von Großmutter Fina, Crest Adalbert Genelin, geboren am 1.12.1730, war Landeshauptmann gewesen. Er war verheiratet mit Maria Baselgia, geboren am 16.9.1735, von Sumvitg. Sie hatten zwei Söhne und drei Töchter: Giachen Antoni, Maria Amarita, Maria Madleina und Bistgaun Andriu. Die Familie deiner Urururgroßmutter Baselgia war in Laus-Sumvitg sehr begütert. Bistgaun Andriu, dein Urururgroßvater, wurde am 18.4.1814 mit Barla Turtè Faller von Sumvitg getraut. Dein Urururgroßvater ließ sich also in Laus nieder, um dort die Güter seiner Mutter zu bestellen. Die Eheleute Genelin-Faller hatten drei Kinder: Maria Margreta, Maria Barla Catrina und Giachen Adalbert. Giachen Adalbert ist der Vater deiner Urgroßmutter. Maria Margreta, geboren am 5.3.1815, ist am am 28.8.1841 ins Kloster St.Johann in Müstair eingetreten und hat die heilige Profess am 10.8.1843 abgelegt. Sie lebte im Kloster unter dem Namen Maria Ignazia und starb in Müstair am 24.7.1867. Die zweite Schwester deines Ururgroßvaters, Maria Barla Catrina Genelin, war mit Giusep Mattias Violand von Sumvitg in Cumpadials verheiratet. Sie hatten zwei Töchter und einen Sohn:

Giulia, Giusep und Paula. Giulia war die Patin deiner Urgroßmutter und ist in Valdauna gestorben. Giusep war in Cumpadials verheiratet und hatte eine große Familie. Landammann Violand war ein Sohn von diesem Giusep. Paula, die zweite Tochter, hatte Emanuel Schmid de Grüneck in Bubretsch-Surrein geheiratet. Er war der Bruder des späteren Bischofs von Chur. Onkel Emanuel war der Pate meiner Schwester Josefina.»

«Was die Deutschsprachigen ‹Rätoromanen› nennen und wir *ils Romontschs,* ist ein Zoo», sagte Großvater mit gewichtiger Stimme, als ob er die Weisheit mit dem großen Löffel aus einem mächtigen Kessel geschöpft hätte. «Vater!», sagte Großmutter mit einem drohenden Blick. Aber mein Großvater fuhr fort: «Ich sage immer, lieber neu-gotisch als romanisch-depressiv.»

Er hatte sich die Hosen aus Trunser Tuch bis fast unter die Achseln hochgezogen, und das gab den Buben das Gefühl, im Zirkus zu sein.

«Kajin erkannte sein Weib, sie wurde schwanger und gebar den Chanoch. Er aber wurde Erbauer einer Stadt und rief den Namen der Stadt nach seines Sohnes Namen Chanoch.

Dem Chanoch wurde Irad geboren, Irad zeugte Mechujael, Mechujael erzeugte Metuschael, Metuschael zeugte Lamech. Lamech nahm sich zwei Weiber, der Name der einen war Ada, der Name der zweiten Zilla. Ada gebar den Jabal, der wurde Vater der Besitzer von Zelt und Herde. Der Name seines Bruders war Jubal, der wurde Vater aller Spieler auf Harfe und Flöte. Und auch Zilla gebar, den Tubal-Kajin, Schärfer allerlei Schneide aus Erz und Eisen. Tubal-Kajins Schwester war Naama. Lamech sprach zu seinen Weibern: Ada und Zilla, hört meine Stimme, Weiber Lamechs, lauscht meinem Spruch: Ja, einen Mann töt ich für eine Wunde und einen Knaben für eine Strieme! Ja, siebenfach wird Kajin geahndet, aber siebenundsiebzigfach Lamech! Adam erkannte nochmals sein Weib, und sie gebar einen Sohn. Sie rief seinen Namen, Schet, Setzling! Denn: gesetzt hat Gott mir einen anderen Samen für Habel, weil ihn Kajin erschlug.

Auch dem Schet wurde ein Sohn geboren, er rief seinen Namen Enosch, Menschlein.

Damals begann man den NAMEN auszurufen.

Das ist die Urkunde der Zeugungen Adams, des Menschen.»

1. Buch Mose 4,17–5,1

Onkel Blau sagte, die Juden seien eine Teufelsbrut. Er verleugnete seine Herkunft. Denn seine Mutter war eine Levy.

Dabei hätte er stolz sein können, zu diesem Volk zu gehören, dem einzigen, das mit seinem Gott und seinen Büchern Jahrtausende überlebt hat. Aber er verleugnete seine Vorfahren. Kann man so einfältig sein und nicht von daher kommen wollen, woher man kommt?

Einmal in der Reihe, warst du ausgeliefert. Neben den Nachbarn gepfercht, gezwungen, nach vorne zu schauen und dem zuzuhören, was von der Front her kam. Der erste Frontalunterricht. Totalunterricht. Wollt ihr den totalen Krieg?

Wir wollten schreiben lernen, wollten die Buchstaben kennen. Jene, die zu Hause Eltern wie Buchstaben hatten, kamen zwar am ersten Tag mit Tornistern zur Schule, die wie die unsern nach Leder und Fell rochen. Aber sie hatten schon das Alphabet im Kopf, konnten sogar Buchstaben schreiben, aber nur die gedruckten. Der Lehrer machte runde Buchstaben, die man zusammenhängen konnte, wie man wollte. Eine geniale Idee. Und während wir runde Buchstaben malten, mit der Kreide dem großen Buchstaben folgten, den der Lehrer auf die Tafel gemalt hatte, ging uns nichts anderes durch den Kopf als die Bedeutung des Buchstabens: der Kreis des O oder der Buckel des P oder die Öffnung des U oder die Schlaufe von L und E oder der Tunnel des N oder der Zickzack des Z oder die Opulenz des A, die wir spürten, ohne sagen zu können, was das sei.

Heute habe ich meinen Text auf ein Hundertstel gekürzt.
Eine Zeile ist geblieben:
Bänke zwangen die Reihen zusammen, trennten männlich –
weiblich.

Heute habe ich meine Vorfahren auf eine Linie gekürzt. Die
Linie der Levys. Um Onkel Blau zu fuchsen.

Einmal im Jahr kam der Inspektor in die Schule. Er sagte nicht, er komme in die Schule. Er sagte, er visitiere die Schule. Das Schullokal, das für uns die Schule war, war für ihn die Schulstube. Er sprach die Sprache des Lesebuches, wenn er nachmittags kam, und jene des Rechenbuches, wenn er vormittags kam. Der Inspektor sagte Mathematik, nicht Rechnen. Er war der erste Mensch in unserem jungen Leben, den wir nicht ernst genommen haben. Es war unser erster Kontakt mit einer kantonalen Autorität.

«Was habt ihr heute in der Schule gemacht?», fragte Großvater mittags. «Heute war der Inspektor da», antwortete der Bub. «Der Inschpekter», konstatierte Großvater.

«Wenn du groß bist, gehst du in die Klosterschule», hatte der Götti gesagt. Er war einszwölf. Wenn er groß war, wollte er Pfeife rauchen wie der Götti, mit Amsterdamer Tabak wie der Götti, und ohne zu husten und ohne dauernd mit kaltem Wasser die Zungenspitze kühlen zu müssen, die hinterher nur umso stärker brannte. Als Großer würde er ein Motorrad fahren wie der Götti, dachte er, wenn er hinten saß und jenen fest um die Taille hielt und das Gesicht heftig ans flatternde Flanellhemd drückte. Und der Götti fuhr wie ein Bandit auf der Kantonsstraße, die damals noch nicht asphaltiert war, und wir hatten weder Helm noch Lederbekleidung, und es gab keine Geschwindigkeitsbeschränkung, und wir ließen eine Staubwolke hinter uns und in der Staubwolke die Lotterkisten von Vauwehs aus den fünfziger Jahren, deren Blinker ein Zeiger war, der unterm Dach neben der Tür hervorklappte. Oder er saß vorn, und der Götti war ein Känguru, und er fühlte die Wärme eines Männerbauches. Großmutter schimpfte, ihre Söhne seien allesamt verrückt geworden und: «Der Bub hat mir auf dem Téf nichts verloren!»
«Töff, Großmutter, Töff heißt das.»

Er sorgte sich nicht allzu sehr, er war einszwölf, und das mit der Klosterschule war noch weit weg. Wer aufs Kloster ging, war mindestens einsfünfzig, und so rasch wurde man nicht so groß. Manchmal, wenn der Götti ein Känguru war, entschloss er sich, nicht mehr weiterzuwachsen. Aber dann hatte er wieder Angst, am Ende so zu werden wie der Gog, ein Gnom mit einem Riesenschädel auf dem Körper eines Zwergs.

Und er hatte einen schlimmen Traum, er sei groß und gehe im Kloster zur Schule. Aber als er dort war, sei er einer der Kleinsten gewesen, und er habe die Treppe hinaufgeschaut, die zur Marienkirche führt, eine Treppe mit unzähligen niedrigen, breiten Stufen, habe zu den langen Kerlen der Lateinklassen über ihm hochgeguckt, die wie auf anderen Stockwerken lebten, in anderen Sphären, auf Emporen, Balkonen, in die Höhe geschossen, die meisten unproportioniert, mit zu kurzen Hosenstößen, langen Hälsen, nach Wachstum ohne Ende riechend. Und die schwarzen Patres schritten hoch über allem einher, schwebten wie auf Stelzen in ihren Habits durch die langen Gänge, die nach Kalk und Kampfer rochen.

«Gibt's Länder, Vater, wo nicht Berge sind?»

Der Satz beschäftigte ihn immer wieder aufs Neue. Er war der Tellensohn, der zum Vater aufschaute, dessen Riesenhand auf seiner Schulter ruhte. Er wusste nur, dass es Länder, Felsen ohne Vater gab.

Wie lange hatte der Schuss in den Wänden widerhallt?

«Waaaas? Soll ich dir zeigen, wo Bartli den Most holt?»,
hatte Onkel Blau gefragt und mir mit beiden Händen die
Ohren an den Kopf gepresst und mich so einen Meter hochgehoben, und ich hatte geschrien, er solle mich loslassen,
aber dieser dumme Trampel Blau hatte nur gesagt: «Siehst
du, wo er den Most holt, die Mosterei ist blau, rot, gelb,
grün ...»

Schwarz.

Ich erwachte auf dem Kanapee. Über mir die Gesichter von
Großmutter und Großvater und die Fresse von Onkel Blau,
der versuchte, seine Verlegenheit aus der Welt zu grinsen.
Oh, da nahm ich die ganze große Wut zusammen, deren ein
Bub von sechs Jahren fähig ist, und schrie gellend und zeig-
te die Krallen so lange, bis er die Stube verließ.

«Was ist das, lernen?», hatte ich ihn einmal mit dem Interesse des Kindes gefragt. «Das erfährst du noch früh genug»,
war die Antwort gewesen. Von da weg konnte ich diese
Figur, die zu unserer Familie gehörte, nicht mehr ausste-
hen.

Heute kommt der Götti, und auch die Gotte kommt, alle kommen, und darum muss ich den Erstkommunionsanzug mit dem Poschettchen anziehen, und es beißt mich überall, und ich darf nicht kratzen, und – buaah – alles riecht nach Sonntag, und die Mädchon tragen weiße Kniestrümpfe.

Am Vormittag der Geruch von Hochamt. Eine Kombination von Düften. Jede Ecke der Kirche riecht anders, und hoch oben, mitten im Gewölbe, vereinigen sich die Gerüche in der Versammlung der Engel. Ob die das aushalten? Müsste sie das Gewölbe nicht sprengen, diese spannungsgeladene Mischung von Gerüchen, Seufzern, sauberen Kleidern, plissierten Röcken? Und Gerüche strömen aus Schränken, die einen Spalt weit offen stehen, Gerüche von eselsohrigen Gesangbüchern, braun befingertem Papier, eingetrockneter Spucke, von Noten und abgestandenen Gesängen. Aus dem Beichtstuhl der Geruch von Schweiß und Sünde; der Schattengeruch des Beichtvaters, der gebeugt hinter dem dicken Gitter sitzt, den Kopf in die Hand gestützt zuhört, brummelt, grübelt, die Stola zurechtzupft, die Hand erhebt, die Absolution erteilt. Der Geruch der immer gleichen Gesten und Gebärden, und beim Niederknien geht außen das Rotlicht an. Der Geruch des Ortes, wo es nichts zu markten gibt. Warum hört nicht der Gott des Alten Testaments die Beichte? Mit dem hätte man wenigstens streiten können. Weshalb erteilt der Tod die Absolution?

Von der Empore herunter das Keuchen und Husten der Orgelbälge, das heisere Flöten des Pfeifenworks, rettungslos der Stümperei des Organisten ausgeliefert, der billige Parfümgeruch von gemischtem Chor, aufgesperrte Münder, alle auf einen frischfrohen, vierarmigen Dirigenten gerichtet, dessen Kittel nach oben gerutscht ist, als ob er fliegen, schwimmen würde. Aus dem Tabernakel der Geruch von Kelchen und Allerheiligstem hinter goldenen Behängen. Der Geruch von Sakristei, Chorhemden, Pluvialen, Paramenten, Weißwein und Kerzen, Pfarrern, Gastpredigern, löschhornbewehrten Sigristen. Im Chor riecht es nach Altar und Geschell, Stufen, Zotteln und Zierereien, Schleiern und Schwaden. Kirchturmgeruch ist Geruch von dicken Mauern, Mäusen, Fledermäusen, Lederseilen und Glocken und das metallische Scharren und Scheuern der mächtigen Uhr.

Der Geruch im Schiff ist der Geruch der Leute, der Frauen und Frisuren, der Chignons und Sonntagsgewänder. Rasierwasser, vermischt mit den verschiedensten Körpergerüchen. Der allgemeine Geruch behält immer die kalte Note der Mauern bei, der Bänke, Balustraden, Lehnen, Stützen, Säulen und Simse, die kalte Note der Elektroöfen, nachträglich von einem Elektriker in blauer Schürze unter die Bänke montiert, Öfen mit einer beißend scharfen Wärme, welche die Kälte wie mit einem Messer durchdringt. Die Kälte steht dann übertölpelt da, zerteilt, und mittendrin ist die metallische Wärme der Elektrizität.

Mittags der Duft von Kartoffelstock, und wir sitzen artig hinterm Tisch, dürfen mit dem großen Löffel ein Loch in den Brei machen, einen See für die Sauce, und plötzlich können wir der Versuchung nicht mehr widerstehen, einen

Kanal zu graben und die Sauce auslaufen zu lassen und See und alles auf der Stelle aufzuessen. Die Schüssel mit den Bratenscheiben und der nahezu schwarzen Sauce, der Brei, die Erbsen und Karotten sind auf dem Rechaud, der nur sonntags auf dem Tisch steht. Die Teller sind glühend heiß. Es riecht nach Kerze, erloschenen Streichhölzern, nach Mittagessen im Sonntagsstaat, der beengt und kratzt und juckt.

«Hoppe, hoppe, Reiter ...»

Onkel Blau stelzte geschniegelt und steif wie ein Storch mit
der großen Fahne zuvorderst in der Prozession, kämpfte
schweren Schrittes gegen einen Windstoß, der am heiligen
Tuche zerrte, an den Troddeln und Quasten rüttelte und
den Weihrauch aus dem golddurchwirkten Chorhemd blies.
Er war jetzt ein stolzer mittelalterlicher Ritter, der in Halb-
zivil gegen den Wind kämpfte.
Onkel Blau erfüllte alle Prämissen für jene Art von geistlichen Kriegern, von denen der Turengia bisweilen erzählte, nicht ohne dabei den Schnauz hin- und hergehen zu lassen: die Ordensritter vom Heiligen Grab zu Jerusalem.

Großmutter sagt: «Vater, mach dem Bub keine Dummheiten vor!» Großmutter sagt Vater zum Großvater. Großvater sagt Mutter zu Großmutter. Großvater wird von Großmutter oft gerüffelt. Großvater kann sein schwarzes Hitlerschnäuzchen hin- und herbewegen wie ein Chaplin. Großmutter blickt streng auf Großvater. Großvater setzt die Melone auf, nimmt den Spazierstock, hängt ihn an den Arm. Geht den Gang hoch, kommt den Gang herunter, die Schuhe machen einen Buckel, schauen seitwärts. Großvater nimmt den Spazierstock zur Hand, lässt ihn herumwirbeln. Der Stock ist ein Rad. Großvater ist eine Nummer. Hin und her geht der Schnauz. Großmutter und alle andern prusten vor Lachen.

Großvater sagt: «Don Ramón del Valle-Inclán, der Poet, war einer, der von nichts lebte und doch nicht starb. Er glaubte an die Bohème. Seine Armut wurde legendär. Wenn er nach Hause kam, so erzählte man sich, habe er zuerst vor der Tür miauen müssen, damit die Mäuse das Feld räumten. Im Streit hatte er vom Schriftsteller Manuel Bueno eins mit dem Stock bekommen. Der Doktor hatte gepfuscht. Es gab eine Blutvergiftung. Der Doktor beschloss, den Arm zu amputieren. Nach der Operation rauchte Valle-Inclán eine Havanna und meinte: ‹Uff, wie die Hand schmerzt!› Einige Zeit später ließ er den Rivalen zu sich kommen und sagte: ‹Was soll's, Bueno, vergessen wir's. Mir bleibt ja noch die rechte Hand, um die deine zu drücken!›»

Die Alte döste in ihrem Stuhl, mummelte an einem Apfel. Onna Maria Tumera, genannt Oria, war meine Urgroßmutter. Sie liebte Hunde, hatte die Tundra gesehen, spielte drei Instrumente. Ich kann mich noch erinnern, wie sie mit trockenen Spinnonfingern ein schreckliches Cembalo schlug, dass es zum Davonlaufen war. Dieses Herunterrasseln des Johann Sebastian Bach auf ihrem Instrument hatte zur Folge, dass alle – außer ihr – eine heftige Abneigung gegen Bach hegten. Ich besonders gegen dessen weiße Büste, die neben dem Metronom ihren Platz hatte. Dieses, einmal aufgezogen und in Gang gesetzt, war etwas Absolutes, kannte kein Pardon. Und aufgezogen war das Metronom immer. Großvater machte morgens die Runde, zog die Stubenuhr auf, die Kuckucksuhr, zog seine Taschenuhr auf, kam am Metronom vorbei, zog auch dieses auf, nicht ohne bösen Blick auf Bach.

Großvater war eine Art Hauswart, aber ohne Befehlsgewalt. Die Frauen regierten. Zum Ausgleich musste er auch nicht putzen wie ein Hauswart. Er hatte nur die Herrschaft über die Schlüssel inne, über jene zum Aufziehen und jene zum Abschließen. Abend für Abend punkt halb zehn hörte ich vor dem Einschlafen – pum, pum, pum – die bedächtigen Schritte die Treppe runter. Dreimal drehte sich das Kabaschloss, zweimal senkte sich die Klinke – traute er dem Schloss nicht?, traute er sich selber nicht? –, und im selben Rhythmus gingen die Schritte wieder die Treppe hoch. Als Großvater tot war, waren die Schritte noch eine Weile zu vernehmen. Eines Tages hörten sie auf.

Die Schlüssel zu den Vorhängeschlössern sahen gleich aus wie die Schlüssel zum Aufziehen der Uhren. Diese Vorhängeschlösser waren ziemlich groß. Und sie hingen überall. Es war das Zeitalter der Vorhängeschlösser. Vorhängeschloss am Scheunentor, Vorhängeschloss an der Stalltür, Vorhängeschloss am Schweinestall, am Holzschopf, am Hühnerhaus, an den Kellertüren. Großvater hatte die Schlüssel zu allen Vorhängeschlössern. Diese Schlüssel hingen nicht an einem Bund. An jedem einzelnen hing an einer Schnur ein Etikett, auf welchem stand, um welchen Schlüssel es sich handelte. Großvater hätte die Schlüssel auch ohne Etiketten gekannt. Aber den Schlüssel zur Sparkasse, welche die Bank gegeben hatte, um den Batzen reinzuwerfen, den hatte Großvater nicht. Auch den Schlüssel zum Negerchen, das nickte, wenn man den Batzen einwarf, hatte Großvater nicht. Diese Batzen waren für Afrika. Großvater hatte keine klappernden Schlüssel an einem Bund. Großvater war kein Gefängnisaufseher.

In seinem unförmigen Weiberrock sah der Pontifex Maximus aus wie eine ausgestopfte Großmutter. Eine Großmutter, die sich mit winzigen Schritten vorwärtsbewegte und ihren Krummstab kaum zu heben, geschweige denn als Stütze zu gebrauchen vermochte.

Onna Maria Tumera, genannt Oria, warf einen schrägen Blick in den Parat und kommentierte:

«Der Papst kann kaum noch stehen, macht nur klitzekleine Schritte. Der fällt stracks auf den Bauch, wenn die Kardinäle auf beiden Seiten nicht aufpassen. Zum Lachen ist er, dieser polnische Popanz. Ein Altersheim. In welchem Jahrhundert leben die eigentlich mit ihren Mitren und Krummstäben und Buckeln?»

«Wir wollen einen Papst mit Bart!», protestierte Großvater.

Onna Maria Tumera, die Menschewikin, wusste, was sie wollte, wollte, was sie sagte, sagte, was sie dachte. Sie trug einen langen, schwarzen Urgroßmutterrock, aus dem sie immer weiße Kugeln hervorkramte und sagte: «Da Bub, ein *feffermin.*» Ich stellte mir vor, dass es zwischen diesen vielen Falten eine Tasche geben musste, welche weit in dunkle Tiefen hinunterreiche und einen unerschöpflichen Vorrat an Pfefferminzbonbons enthielt, eine Tasche, in der mit Ausnahme der Hand der alten Tumera noch niemand gewesen war. Und wenn das *De profundis* gebetet wurde, sprach ich in sonorem Ton den Männern nach: *«Dalla profun dil tat»,* aber eine innere Stimme sagte mir, dass das mit dem *tat,* mit Großvater, nichts zu tun hatte, denn die Wörter begannen sofort weiß nach jenen Pfefferminzen zu riechen, die aus der tiefsten Profundität von Urgroßmutters Rock kamen.

Selber mummelte Oria Gabas, flache kleine Rhomben aus schwarzem Zucker, die sie einen nach dem andern aus einer blauen Blechschachtel holte. Deren Deckel ließ sich einen knappen Zentimeter zurückschieben und gab so ein Blech mit einem kleinen dunklen Loch in einer Ecke frei, aus dem dann jeweils ein Gaba aufs Mal kam, wenn sie die Schachtel auf den Kopf drehte und mit dem Finger an die Seite klopfte.

Oria konnte verflixt gut Wörter setzen, Wörter fügen, Wörter legen, hätte auch die Hände auflegen und heilen können – dachten die Leute. Sie aber hat die Zauberei abgelehnt, hat nur einmal einem Kranken die Hand aufgelegt, kurz und bündig, mit den Worten von Wilhem III., dem Oranier: «Gott gebe dir eine bessere Gesundheit und mehr Verstand!»

Als Großvater einarmig heimgekehrt war, hatte Oria das Handlesen aufgegeben. Was sie wusste, behielt sie für sich. Sie sah, dass der Bub eine starke horizontale Linie in der Handfläche hatte. Jene Linie, welche Affen und Mongoloide haben und jene Gattung Mensch, die sich nicht in die Maße zwingen lässt. Steivan Liun «Dragun», der Stiermaler, besaß diese Linie. Alexander Puschkin mit den negroiden Gesichtszügen und dem Profil eines Affen musste diese Linie gehabt haben. Beides Meister in der Kunst, sich aus Menschen in Anthropoiden zu verwandeln, aus Affen in mächtige Tiger.

Oria schaute auf den Bub, der zu jenen gehörte, die sich nie mit dem zufrieden geben, was ihnen in den Schoß fällt. Zu jenen, die das wollen, was außer Reichweite liegt, was nur mit einem mächtigen Sprung erlangt werden kann.

Und wenn die Heinzelmännchen kamen und ihm die Lider schwer wurden und er auf der Schwelle war in die andere Welt, flüsterte ihm die Alte beschwörend ins Ohr: «Entweder machst du den Sprung, oder du machst ihn nicht und bleibst einer wie alle andern. Im Profil betrachtet, bist du ein Tiger. Du machst den Sprung.»

Großvater hatte seine eigene Sprache. Wer ihn nicht kannte, hörte nur Wörter und schaute dann drein wie ein schiefes Fragezeichen. Was wiederum Großvaters Schnauz hin- und hergehen ließ.

«Die Mutter aller Konserven versammelt ihre Flaschen im Schlaraffenland von Desertina» hieß zum Beispiel: Die Christlichdemokratische Volkspartei hält ihre Mitglieder-versammlung im Hotel Cucagna in Disentis ab.

Großvaters Winter dauerte von November bis Ende April. Im Winter lag er meist auf dem Kanapee mit einem wärmenden Kirschkernsack auf Stirn oder Bauch. Dann pflegte er Geschichten hervorzukramen wie geheimnisvolle Gegenstände aus einer alten, tiefen, klemmenden Schublade. Er sagte, die Geschichten seien im Kirschkernsack, jeder Kern eine Geschichte, und darum habe es mit den Geschichten nie ein Ende. Wir lauschten atemlos. Und wenn er mit Erzählen aufhörte, fragten wir jedes Mal wie aus einem Mund: «Und dann?»

«Dreizehn Millionen Tote, elf Millionen Krüppel, sechs Milliarden Granaten und fünfzig Milliarden Kubikmeter Gas in vier Jahren ... Aus dieser Bilanz bin ich, Pieder Paul Tumera, genannt Turengia, dein Großvater, unter den Stahlgewittern hervorgekommen und heimgekehrt mit nur einem Arm, und unter den Stumpf geklemmt ein Buch mit dem Titel: Einarm-Fibel. Ein Lehr-, Lese- und Bilderbuch für Einarmer, herausgegeben von Doktor Eberhard Frh. von Künzberg, Karlsruhe 1915. Und weiters mit einem Empfehlungsbrief, einem Zeugnis der Vorgesetzten, das mit Goethe schließt: ‹Sie sehen, meine Damen und Herren, Ärzte und Bandagisten, Ingenieure und Fabrikanten, die militärischen Stellen und die Träger unserer Unfallfürsorge, alle sind in gleicher Weise bestrebt, ihre Erfahrungen in den Dienst der Sache zu stellen und denen, die für des Vaterlandes Bestand und Größe gekämpft und gelitten haben ... den Verlust von Hand und Arm zu ersetzen ... Und für den Verletzten gilt das Dichterwort: ‹Wer immer strebend sich bemüht,
Den können wir erlösen.›
Ist das nicht zum Wahnsinnigwerden?»

Und Großvater las dem verblüfften Enkel aus der Fibel von der begeisterten Prothese vor: «Das älteste deutsche Heldenlied, das Waltharilied, besingt einen Zweikampf des Helden mit Hagen, in dem Walter die rechte Hand verliert. Er bindet sie ab, steckt den Stumpf in den Schildriemen und kämpft ruhig mit der linken Hand weiter.»
«Und wer hat gewonnen?», fragte der Bub.

Es gebe aller Gattung Leute, nur viereckige, heiße es, gebe es keine, und nicht einmal dessen sei er sich ganz sicher. Wir seien ein Dorf der Heuchler und Schleimer.

Großvater zählte jene auf, die so glatt und glitschig seien, dass man sie ohne weiteres mit nacktem Hintern durch eine Dornenhecke treiben könne, ohne dass sie den leisesten Kratzer abbekämen. Aber die Leute müsse man so nehmen, wie sie seien. Zu wissen, wie sie seien, sei genug.

«Einer hat mal gesagt: Sie sind, wie sie sind, und tun, wie sie tun.»

Der eine oder andere hatte einen Tick, richtete sich mit der Sturheit eines Mutterschafs auch nach zehn Jahren noch nicht nach der «Hitler-Zeit», schrieb zum Trotz noch *de* statt *da*. Und Großvater sang seine Litanei von der menschlichen Natur, in welcher er, außer ein paar schrägen Vögeln, alle Arten Mensch auf die Reihe gebracht hatte:

Homo protheticus	ora pro nobis
Homo cornutus	ora pro nobis
Homo quadratus	ora pro nobis
Homo amputatus	ora pro nobis
Homo sapiens sapiens	ora pro nobis
Homo ludens	ora pro nobis
Homo poetus	ora pro nobis
Homo homini lupus	ora pro nobis
Homo faber	ora pro nobis
Homo laber	ora pro nobis
Homo vulgaris	ora pro nobis

Homo novus	ora pro nobis
Homo oeconomicus	ora pro nobis
Homo erectus	ora pro nobis
Ecce homo	ora pro nobis
Homo proponit,	
deus disponit	*dei a nus no-o-bis*

In einem einzigen Punkt waren sich Großvater und Großmutter absolut einig und hielten zusammen. Es war die Zeit, als es Kapläne gab wie rote Hunde und Lehrer für Intellektuelle gehalten wurden. Die Schule sei eine Tirannin und die Literatur eine Hure, hatte Großvater als feste Formel formuliert. Der Bub aß über den Teller gebeugt seine Suppe. Großmutter sagte nichts. Das hieß, dass sie einverstanden war. Der Bub schlürfte seine Suppe. Die Schule hätte aber eine Dienerin zu sein und der Lehrer eine Persönlichkeit statt ein livrierter Lakai.

Die Folge war, dass die Lehrer Großvater aus dem Weg gingen und die Poeten beleidigt waren. Das Drollige daran war, dass Großvater gar nicht die romanische Literatur gemeint hatte. Er verehrte Kaliber wie den Puschkin der Gabrieliade. Dieses frivole Poem konnte er auswendig. Die Gabrieliade war Großvaters Angelus.

«Fürwahr, du schöne Jüdin, jung und rein,
Mir ist um deine Seelenrettung bange.
Oh, komm zu mir, du holder Engel mein,
…»

Konnte so ein Großvater in den Himmel kommen?

Was der Bub nur so bei sich gedacht hatte, war der Mutter eine bitterernste Frage. Aber sie verlor die Hoffnung nicht: «Vielleicht können ihn unsere Gebete doch noch erretten.» Großvater erwiderte darauf: «Natürlich verachte ich meine

Heimat von oben bis unten, aber es erbost mich, wenn ein Unterländer dieses Gefühl mit mir teilt.»

Dann zupfte er das Ende der Serviette aus dem Hemd und meinte: «Harrrjesssas, denkt nicht, ich betrachte das Verseschreiben mit dem kindischen Ehrgeiz eines Reimeschmiedes oder als Erholung eines empfindsamen Menschen: Es ist einfach mein Handwerk ...»

Aus dem Klang seiner Stimme war herauszuhören, dass er jetzt Alexander Puschkin war beim Schreiben jener Szene, wo sich der Schwarze Engel mit dem Gelben Engel rauft, mitten im Getümmel, in jenem Augenblick, wo die Mächte der Hölle und des Himmels alle Regeln vergessen und vor Marias Augen den Kampf unter die Gürtellinie verlegen.

Das tönte großartig, wenn ers in der Sprache Puschkins deklamierte. So wie ers aber in sein Idiom übertragen hatte, wackelte das Ganze wie eine lockere Ladung Heu, von der man nicht weiß, ob sie im nächsten Moment umkippen wird.

«Der Teufel und der Himmelsbote kämpften,
Und keiner wich zurück um einen Zoll,
Um keinen Grad sie ihren Eifer dämpften,
Da ward's dem Teufel endlich doch zu toll,
Er wand sich los, fasst' Gabriel im Rücken
(Von hinten griff er an, der arge Schelm!),
Er schlug ihm ab den blanken Federhelm,
Und um ihn hinterrücks herabzubücken,
Fasst er ihm in das blonde Lockenhaar

Und zieht ihn voller Kraft zur Erde nieder.
Des Engels ganze Schönheit tut sich dar
Marias Blick; sie senkt verschämt die Lider.
Vor Furcht um Gabriel das Herz ihr bebt.
Es scheint ihr schon, als wollt' der Böse siegen,
Doch Gabriel lässt sich nicht unterkriegen.
Mit einem Ruck die rechte Hand er hebt
Und klammert fest sich in die weiche Stelle,
Die überflüssig ist bei jeder Schlacht.»

«Die überflüssig ist bei jeder Schlacht», wiederholte Großvater mit starker Betonung auf dem Doppel-S und erhob
sich dann vom Stuhl.

Dem Polstersessel haftete etwas Lächerliches an, wenn er leer war, und etwas Autoritäres, wenn die Matriarchin darin saß. Ich habe der Urgroßmutter nie getraut, wenn sie in diesem überdimensionierten Sessel saß, der ihr Macht verlieh. Das Kinn in die rechte Hand gestützt, ein Auge von den Fingern bedeckt, sagte sie unverhofft zu mir, der sie beobachtete: «Bub, du siehst die Großmutter des Iwan Turgenjew, die Mutter der infamen Warwara Petrowna, alt wie Milch und Brot, reglos in ihrem Riesensessel, aber immer noch beinhart, wohlhabende Besitzerin eines riesigen Gutes, ebenso geizig wie grausam, und ihre Dienerschaft traktierte sie wie Vieh. Vom Alter gekrümmt, saß sie die meiste Zeit starr in einem Sessel. Eines Tages hat sie sich entsetzlich über einen jungen Leibeigenen geärgert, der ihr Diener war, wurde so wütend, dass sie ein Scheit ergriff und dem Jüngling über den Schädel zog, derart, dass er bewusstlos hinfiel. Dieser Anblick war ihr jedoch unerträglich. Sie schleppte den Burschen herzu, legte den blutüberströmten Kopf auf den Sessel, drückte ein großes Kissen drauf, setzte sich hin und erstickte ihn.»

Und ich sah weiters die Onnas Marias, metzelnde Zwillinge, auftauchen aus dem Meer von Großvaters Geschichten, anzuschauen wie Orias mit ihren langen Röcken, das Beil in der Hand:

Onna Maria, geborene Arpagaus, welche, ein Kind im Leibe, die breite Waldaxt in der Hand, von hinten den Erzeuger ohne Umstände erschlug mit der stumpfen Seite des Geräts, besudelt mit Blut, das tropfte, rann und nicht nach Rache schrie.

Onna Maria, geborene Bühler, bald eine Mistgabel, bald einen Prügel, bald eine mächtige Schrotaxt in der Hand, zuerst ein struppiges Ross verscheuchend, dann einen Trupp Soldaten aufhaltend, dann eine französische Kanone erobernd und schließlich die ganze *Grande Armée* aus Ems hinaus und den Kunkels hinauf zum Teufel jagend.

Ich sah die beiden Schlächterinnen, Rücken an Rücken dreinschlagend wie auf morsches Metall, hörte, wie die Wölfinnen ihre Peiniger vertrieben nach Art der Wölfe.

«... aus einem Lumpenwust glitt ein hölzerner Armstumpf hervor. ‹Aus diesem Holz werden Finger wachsen, schöne Finger, vielleicht klotzige Finger, dick und weiß wie die Rüben im Garten der Katherina, aber fleischige Finger, Finger, in die man sich schneiden kann und die man verbrennen kann – da wachsen sie heraus, ein Finger zum Auftrumpfen, einer zum Zeigen, beide, um zu kneifen, und ein dritter, um die Knöpfe selber zu schließen, Finger zum Kratzen und Finger zum Streicheln, mindestens zehn, und eine ganze Hand, um eine Tasse zu halten und eine Faust zu machen›, Holz hacken werde er und ein Beil schwingen. Der Armstumpf schlug auf den Schanktisch, sprang auf, schlug nieder. ‹Alles soll Holz sein, und ich werde es zerhacken und ein Feuer machen, dass man es in B. sieht›, denn von dort komme er her, und das erste Brennholz dazu werde dieser Armstumpf geben.»

Hugo Loetscher, Der Buckel

Es war am Tag nach Weihnachten, als sie die dunklen Worte sprach: «Heute lost es den Monat Januar.» Mit Kreide machte Oria hinter der Stubentür über dem Ofen zwölf Kreise: die Lostage. Sie beobachtete das Wetter an den letzten sechs Tagen des alten und an den ersten sechs Tagen des neuen Jahres. Die Kreise viertelte sie und zeichnete das Wetter des Tages hinein: keine Kreide bedeutete klares Wetter, viel Kreide bedeutete schlechtes Wetter, wenig Kreide bedeutete bedeckt, Schrägstriche bedeuteten Regen, kleine Punkte bedeuteten Schnee. Andere Zeichen bedeuteten Sachen, die nur sie kannte. Das Wetter des ersten Kreises war das Wetter im Januar. «Die zwölf Tage nach Weihnachten losen das Wetter der zwölf Monate. Je genauer man sie beobachtet und notiert, desto besser kann man das Wetter vorhersagen.»

So geheimnisvoll war meine Urgroßmutter. Schaute nie aufs Barometer, erriet aus ihren Kreisen das Wetter besser als das Radio. Großvater hingegen klopfte ans Barometer, welches dann stieg oder fiel und nur ganz selten unverändert blieb. Wenn er nervös war und auch an die Kuckucksuhr klopfte, ging diese tictactictac schneller, und als er einmal an die Glühbirne geklopft hatte, die aus einem grüngeränderten Emailschirm von der Decke herabschaute, hatte diese heller und heller geleuchtet und war dann – tic – erloschen.

Diese letzten Tage des Jahres beobachtete Oria auch das Wasserschiff, das in der Küche tief in den französischen Holzherd hinunterreichte und das sie jeden Abend auffüllte, weil es nie leer sein dürfe. Sie hatte es für diese Zeit mit Erde und Asche geputzt, sodass es glänzte wie neu. Wie hoch das Wasser nach der Neujahrsnacht stand, wollte sie wissen. Sah sie die Dinge im zitternden Spiegel des rötlich-golden schimmernden Wassers? Hörte sie die Vorzeichen im Blubblub, wenn das Wasser sott? Zeigten sich ihr die Geister im Dampf, der zur Decke stieg, wenn sie den Kupferdeckel hob?

Auf dem mächtigen Specksteinofen steht auf der Seite zur Tür J8+21, auf der Seite zum Kanapee IHS. Der Querbalken des H hat einen kleinen Buckel und darauf ein Kreuz. Unter den Füßen des H ist ein Herz mit einem Erdbeerstiel, welcher besagen soll, dass das Herz brenne. Jahrzahl und IHS stehen in Rahmen mit eingezogenen Ecken. Die Ofenfüße sind aus Holz. Unterm Ofen liegt Mieze, schwarz wie der Ofen, und alle beide haben sie einen bemerkenswerten grauweißen Schimmer in ihrem Schwarz. Zwischen Ofenfuß und Wand, dort wo man hinter den Ofen kriecht, machte Großvater alle Winter wieder mit Kreide den magischen Knoten: den fünfzackigen Stern, der ohne abzusetzen in einem Zug mit fünf gleich langen Linien gezeichnet wird, der Stern, der aus drei ineinander verfangenen Dreiecken besteht. Das ist der Drudenfuß, das Zauberzeichen gegen das Austauschen kleiner Kinder und zum Schutz der Schlafenden im Bett.

Früher hatten die Frauen Angst vor den Wildleutchen, der kleinen Kinder wegen. Man glaubte, die Wildleutchen kämen und würden unbeaufsichtigte Kinder austauschen, weil ihre eigenen Kinder Kümmerlinge seien. Darum ließ man die Kleinen nur notgedrungen allein, und höchstens hinter dem Ofen, aber nicht einmal dort gern. Großmutter achtete streng darauf, dass man die Säuglinge nicht allein ließ, bevor sie getauft waren; getaufte Kinder nahmen die Wildleutchen nicht.

Der Ofen war die Seele des Hauses. Generationen hatten auf dieser Steinplatte gesessen, die trotz der vielen Scharten und Kerben glatt und glänzend war. Ganze Kinderscharen waren vom Ofen durch die Luke in die Schlafkammer hinaufgestiegen. Und zu Hunderten hatten sich die Leute am Ofengestell den Schädel angeschlagen. Was jedoch dem Ofen Weltformat verlieh, war diese Jahrzahl 1821. Bonapartes Todesjahr. Und Großvater erzählte vom sterbenden Kaiser, dem von einem eintretenden Diener ein Komet vermeldet worden sei. Darauf der Kaiser: «Das Zeichen vor dem Tode Cäsars!» Als aber der Arzt behauptete, er sehe nichts, sagte der Kranke: «Es geht auch ohne Kometen.»

«Adam hatte einen glatten Bauch, da war kein Nabel, nix. Das hatte zur Folge, dass er auch nicht kitzlig war, so wenig wie die fetten Engelchen-Amörchen.»

Die fetten Engel hingen im Blaublau herum, schwebten Stück für Stück in den Azur hinein, ohne mit den steifen Flügelchen zu schlagen, ohne sich in den Sternen zu verheddern, hatten pralle Backen, goldene Locken, den Ewigen Frieden. Der Mond hatte ein ziemlich schmutziges Lachen aufgesetzt, und wir staunten mächtig über so viel Speck und nacktes Fleisch, und Großvater kommentierte: «Infernalissimus!»

Die vorlauten Spatzen hingen in den Bäumen herum, hüpften von Ast zu Ast, ohne die Flügel ernsthaft auszubreiten, ohne sich im Blattwerk zu verheddern, hatten Flöhe im Gefieder, glatte Kehlchen, ihr ewiges Gezeter.
Die Sonne brannte heiß hernieder, und wir hatten diesen Radau mächtig satt, und Großvater kommentierte: «Cantabilissimus!»

Die Neunmalklugen hingen auf ihren Kanzeln und Kathedern herum, entfernten sich Meter für Meter vom Boden, ohne die steifen Flügel zu bewegen, ohne irgendwo anzustoßen, hatten ein übervolles Maul, ihren Monatslohn, ihr ewiges Geschwätz. Der Alp drückte sanft, und wir lachten mächtig über so viel Aufschneiderei und Selbstzufriedenheit, und Großvater kommentierte: «Bellissimus!»

Mieze war gestorben.

Großvater hatte die neue Katze gepackt, zwischen seinen intakten Arm und seinen Bauch geklemmt, hatte sie zum Ofenloch hineinschauen lassen und gesagt: «Du gehörst jetzt hierher, wie der Ofen.»

Franz Biberkopf war dem Großvater Zwilling und Vorbild Nummer eins, spukte ihm ständig im Kopf herum. Vor der neuen Katze gab er «diesen Miezenmetzger» von Döblin im Patois von Berlin:

«Weeste du, wo mein Arm ist, der hier, der ab ist? Den hab ich mir in Spiritus setzen lassen, und jetzt steht er bei mir zu Haus ufm Spind und sagt zu mir den ganzen Tag runter: Tag Franz. Du Hornochse!»

«Du ewiggleicher Nikolaus,
an deiner Kutte nagt 'ne Maus,
in deiner Mütze beißt ein Floh,
drum schimpf doch lieber anderswo!»

Großvater war ein regelrechter Nikolaus-Schreck.
Mit seinen Versen hatte er erreicht, dass Sankt Nikolaus
und seine Knechte die Stubentür nur noch zaghaft öffneten
und dass der nächtliche Nikolaus überhaupt nicht mehr
kam. Denn wir hatten herausgefunden, dass Mutter dessen
Geschenke bereitlegte, und wir begannen uns zu fragen, ob
sie auch der Hase sei.

«Häschen, Häschen, nicht mehr ganz,
geh nach Trun, du Stummelschwanz.»

«Pherekydes von Syros starb den qualvollsten Tod, den ein Mensch finden kann: Sein ganzer Körper wurde von Läusen aufgefressen. Als sein Aussehen entstellt war, zog er sich aus der Gesellschaft seiner Freunde zurück. Wenn einer kam und fragte, wie es ihm gehe, steckte er einen Finger, an dem gar kein Fleisch mehr war, durch die Luke der Tür und sagte, so gehe es ihm am ganzen Körper. Die Delier behaupteten, dies sei das Werk des Gottes von Delos, der ihm zürne. Als er mit seinen Schülern auf Delos weilte, soll er unter manch anderem auch geäußert haben, dass er keinem Gotte je geopfert habe und dennoch nicht weniger angenehm und sorgenfrei gelebt habe als Leute, die ein Opfer von 100 Stieren dargebracht hätten. Für diese unbedachte Rederei also büßte er mit der schwersten Strafe.»

Claudius Aelianus, Bunte Geschichten

Er war eine Art Vogelscheuche aus Fleisch und Blut. Stritt viel und fluchte nie. Parodierte sich selbst. In seinen besten Momenten setzte er sich mit flinken Fingern ans Klavier. Studierte, profilierte, kommentierte Köpfe nach den kuriosen Methoden des Lavater, aber wie Lichtenberg. Er schwärmte für große Schädel, kannte weit herum all jene, die einen solchen hatten in den noblen Geschlechtern der Petschen, Condrau, Maissen, Castelberg.

Großvater war ein großer Bewunderer von Theodor de Castelberg. Nicht seiner Literatur oder seiner Ideen wegen, sondern wegen seines Wortschatzes, wegen seiner Korpulenz, vor allem aber wegen seines kantigen Riesenschädels und wegen seines Nekrologs, der unter allen Nekrologen von Politikern und Poeten der allerehrlichste sei:

«Den 24ten des Christmonats 1818 starb in Disentis der Herr Landrichter Theodor Castelberg. (...) Theodor war groß, und von einer außerordentlichen Dicke. Bei Mannsgedenken sah man an keinem Menschen einen so großen Bauch, als bei ihm. Er trank und aß viel und war von einem sehr fröhlichen Gemüthe, und zur annehmlichen Gesellschaft, die Witz, gute Einfälle liebte, gebohren. Er war gelehrt, verstund fünf Sprachen und ward zu mehreren Gesandtschaften gebraucht. Nicht nur das Politische war ihm eigen, sondern er war von einer außerordentlichen Beredsamkeit, und Poesie. (...)

Ehe er erkrankte stellte er die Zahlung ein, und entweder ward er verwahrloset, oder von Würmern, und Läusen sehr angegriffen.»

Den Buckel voller Schulden, die Perücke voller Puder und Flöhe.

Großvaters rechte Hand war ein Haken. Das war seine dämonische Seite. Alles Krumme faszinierte ihn: Nasen, Fensterhaken, Winkelzüge. Löschhorn und Hohlaxt waren ihm die liebsten Gerätschaften. Wenn eines Tages die Schar jener, dio keinen Schatten werfen, bei ihm vorbeikäme, würde er sich den Reihen der Einarmigen anschließen, mitmarschieren in Gesellschaft von Schriftstellern und Generälen, von Notabilitäten, so sagte er, wie Miguel de Cervantes Saavedra, Götz von Berlichingen «mit der eisernen Hand», Don Ramón del Valle-Inclán, Blaise Cendrars, Paul Wittgenstein, dem Pianisten, Alexander Ypsilanti, Prinz und Generalmajor des Zaren, José Millán Astray, franquistischer General und Gründer der Spanischen Legion.

Und Großvater stand in Achtungstellung da, salutierte stramm, den Haken an der Schläfe. Ja, Großvater hatte statt Briefmarken oder Kaffeerahmdeckeli die Namen von Tausenden von einarmigen Männern gesammelt, samt ihren Allüren und Marotten.

Napoleon, so behauptete Großvater, habe in Tat und Wahrheit nur einen Arm gehabt. Uii, was für eine imperiale Pracht, dieser Napoleon hoch auf dem weißen Ross, der leere Ärmel waagrecht flatternd im Wind wie der Mantel eines Ulanen!

Und Großvater guckte auf den Schnabel der Kaffeekanne und war zufrieden wie ein Engel.

«In Wien eilte ihr die Fama voraus: Schöne Spaniolin, ‹die Veza›, klug und scharfsinnig, konnte Shakespeare auswendig, schwarzes Haar und weiße Haut, so saß sie vor dem Lesepult des Karl Kraus. Dem jungen Elias Canetti fiel auf, dass das berühmte Fräulein Taubner-Calderon nach dem Vortrag des Meisters keinen Beifall spendete. Warum, das erfahren wir in seiner lang nach ihrem Tod geschriebenen Autobiographie nicht: Ihr fehlte zum Klatschen eine Hand, die Linke. Noch diskreter verschwieg er, dass Veza, seine erste Frau, eine wunderbare Schriftstellerin gewesen ist, vergessen und verbrannt.»

Spiegel Online, 27.12.2001

Besen und Ofengabel standen je in einer Ecke, sagten nichts, standen stumm wie Stöcke. Die Ofengabel hatte bald Zähne, bald Krallen, bald Hörner, je nachdem wie er sie anguckte und welchen Schatten sie warf. Sie warf einen Schatten. War also kein Ding wie der Besen.

Aber ihm war aufgefallen: Ein Zinken der Ofengabel war etwas kürzer als der andere. Zuerst hatte er gedacht, da sei etwas abgebrochen, aber alle Ofengabeln waren so. «Seltsam, seltsam», hatte Großvater gemurmelt, als spräche er eine magische Formel. Großvater war erstaunt, wie fein der Bub beobachtete. Hegte den Verdacht, die Sache mit dem Zinken sei mit einem alten Zauber verknüpft.

Die Geschichte des Fernando Lopez ist die Geschichte des einhändigen Robinson. Die Geschichte, die Großvater am häufigsten erzählen musste. Die er immer ohne Prothese erzählte und die wir auswendig konnten. Und wenn Großvater auch nur ein klein wenig abwich, korrigierten wir ihn. Aber er musste sie erzählen wegen der Art und Weise, wie er erzählte, und wir lauschten still und waren auf der Insel zusammen mit einem Portugiesen ohne Gesicht.

Ich hatte die Geschichte längst vergessen, bis ich sie zufällig bei Julia Blackburn wieder las, und die Welt meiner Kindheit war nach vierzig Jahren wieder da, als ob dazwischen nicht mehr als ein bisschen Dunst gewesen wäre.

«Fernando Lopez hatte die Heimat verlassen, um mit dem General D'Alboquerque zur See zu fahren. 1510 hatten sie den Indischen Ozean überquert und gingen in Goa an Land, eroberten diese Festung und erklärten den Boden, auf dem sie standen, und den ganzen Kontinent dahinter zu ihrem Besitz. D'Alboquerque segelte zurück in die Heimat, um mehr Soldaten zu holen, und ließ Lopez zurück mit dem Befehl, die Festung bis zu seiner Rückkehr zu halten. Als er nach zwei Jahren zurückkehrte, hatten die Männer ihn vergessen, hatten die Religion Mohammeds angenommen und lebten nach den Sitten der Eingeborenen. Die Treulosen wurden zusammengetrieben und bestraft. Am härtesten von allen Fernando Lopez, denn er war der Kommandant. Darum haben sie ihm die rechte Hand, den linken Daumen,

Nase und Ohren abgeschnitten. Die Haare haben sie ihm ausgerissen, den Bart, die Brauen – eine Praxis, die unter der Bezeichnung ‹entschuppen› bekannt war. Als alles vorüber war, ließ man die Männer frei, und alle flüchteten sich vor den Leuten. Drei Jahre später starb D'Alboquerque, und Lopez tauchte wieder auf, um nach Portugal zu seiner Familie heimzukehren. Nach vielen Tagen auf See erreichte das Schiff St. Helena, ein Pünktchen im Südatlantik, fünfzig Kilometer lang, neun Kilometer breit. Da luden die portugiesischen Schiffe frisches Wasser und Proviant. Mit einem Mal wurde Lopez klar, dass er so, wie er aussah, nicht nach Portugal zurückkehren konnte. Er entschloss sich, in den Wald zu fliehen. Das Schiff lief aus. Der einhändige Mann lebte von Kräutern und Tieren, von denen es auf der Insel genug gab und die nicht scheu waren. Nach einem Jahr landete wieder ein Schiff. Die Matrosen staunten, als sie ein Loch und darin ein Strohbett fanden, in dem Lopez schlief. Sie brachten ihr Wasser an Bord, ließen alles unverändert und hinterließen einen Brief, in welchem stand, dass er nicht fliehen solle, wenn wieder ein Schiff käme, niemand wolle ihm etwas antun. Dann lief das Schiff aus, und als es noch nicht weit gesegelt war, fiel ein Hähnchen von Bord, und die Wellen trugen es an Land, und Fernando Lopez fing es und fütterte es mit Reis, den die Matrosen für ihn zurückgelassen hatten. Der Hahn war die einzige zahme Kreatur, die Lopez hatte. Nachts schlief er auf der Stange über seinem Kopf, tagsüber trippelte und krähte der Schreihals hinter ihm her und kam herbeigelaufen, wenn er ihn

rief. Als wieder ein Schiff gelandet war, wagte er, sich den
Menschen zu nähern und mit ihnen zu sprechen. Die
Matrosen bemitleideten und fürchteten ihn. Seht ihr sein
monströses, plattes, nacktes Gesicht, dunkel von Sonne,
Wind und Salz, ohne Nase, ohne Ohren, und den Arm, der
ein Stumpf war?»

Und die Kinder schauten auf den Armstumpf des Großvaters, und Großvater hatte ein zerstörtes Gesicht und war
Fernando Lopez.

«Mit der linken Hand begann Lopez zu roden und zu säen
und Tiere zu züchten, welche ihm die Matrosen überlassen
hatten. Er war ein exotischer Sigisbert in Rätien geworden.
Der Wind trug die Samen seiner Pflanzen über die ganze
Insel. Die Tiere begannen, sich frei auf der Insel zu
bewegen. So wurde St. Helena ein Paradies, bewohnt von
nur einem Menschen. Und auf der Insel ist er gestorben,
nachdem er dort lange Zeit gelebt hatte, im Jahre des Herrn
1546.»

Und Großvater erhob sich und ging, und die Kinder hatten
ihn gern, so wie sie Fernando Lopez gern hatten.

Im Jahr 2000 hat der Enkel die Sammlung des Großvaters mit einem letzten Einarmigen ergänzt: mit jenem, der zuhinterst in der Val Reintiert sein Kalifornien gefunden und sich so für den Rest seines Lebens einen Namen als Goldgräber gemacht hatte, ohne je jenes Amerika gesehen zu haben, von dem Großvater erzählte, dass die Alten gesagt hätten: «Die Alten holt der Tod, und die Jungen holt Kalifornien», und weiter, dass Gion Benedetg Beer, der *Maricaner*, den Seinen aus Amerika geschrieben habe: «Ich erinnere mich noch gut, wie die Leute sagten: Wenn nur dieses Meer nicht wäre, dann ginge ich auch nach Amerika. Aber warum das Meer fürchten und sich nicht fürchten, ins Bett zu gehen, es sterben mehr Leute im Bett als auf dem Meer.»
Die *Maricaner* waren für den Bub jene, die das Meer nicht gefürchtet hatten und nach Amerika gegangen waren, als es keine Flugzeuge gab, die noch immer da waren in ihren Briefen und nie mehr zurückkehrten.

Zwei Männer auf Schiffen sind mir noch in Erinnerung geblieben aus Großvaters Geschichten, wie sie kerzengerade auf den Planken stehen und in die Wellen hinausschauen, um schließlich wieder im Bauch des Seglers zu verschwinden. Einer im Nordatlantik, der andere im selben Meer, aber viel weiter südlich. Einer mit der Hand im Ausschnitt des schwarzen Mantels, der andere mit einem künstlichen Bein, aus dem Unterkieferknochen eines Wals gefertigt und in ein Loch im Deck verkeilt. Einer zeigt sich erstmals, nachdem das Schiff in See gestochen ist, der andere zum letzten Mal, bevor er an Land geht. Der eine kommt aus der Literatur, der andere aus einem bösen Traum.

I

«So stand der Kapitän aufrecht da und schaute über das ständige Auf und Ab des Schiffsschnabels hinweg in die Ferne. Grenzenlose innere Stärke und ein unbezwinglicher, verbissener Wille sprachen aus der fest und furchtlos nach vorne gerichteten Verschworenheit dieses Blickes. Kein Wort fiel; auch die Steuerleute redeten ihn nicht an; dagegen verriet ihr ganzes Gebaren, dass sie sich unter der ungemütlichen, ja peinlichen Aufsicht eines unheimlichen Herrn und Meisters wussten. Und nicht nur das; wie einer, dem ein schweres Kreuz auferlegt ist, stand Ahab vor ihnen, heiligen Gram in seinen Zügen, mit der ganzen namenlos königlichen und hochfahrenden Würde eines unheilbaren Wehs.
Nicht lange, und er zog sich nach seinem ersten Auftauchen wieder in die Kajüte zurück.»

2

«Er ging sofort an Deck, als er hörte, dass man den Bestimmungsort erreicht habe, und gerade noch vor der abrupt hereinbrechenden Dunkelheit der Tropennacht erhaschte er einen kurzen Blick auf eine felsige Masse, umgeben von ruhigen schwarzen Wassern. Am nächsten Morgen stand er früh auf und stellte sich an den Bug des Schiffes, um die Insel durch den Feldstecher genauer zu betrachten. Erschrocken stellte er fest, dass sie bei Tag sogar noch ungastlicher wirkte als am Abend zuvor. Jenseits der paar dichtgedrängten weissen Häuser von Jamestown und der steilen Klippen, die sie bewachten, konnte er nicht viel erkennen, aber was er da vor sich sah, musste so etwas sein wie der Traum eines jeden Militärstrategen, der Angriffe von allen Seiten zu befürchten hat. Kanonendonner hatte am Vorabend die Ankunft angekündigt, und nun konnte er die Kanonen sehen, die ihre Nasen angriffslustig über den Rand der Klippen streckten. Wachtürme und Schilderhäuser und die zackigen Konturen eines Telegraphensystems hoben sich vom Horizont ab, überall flatterte der Union Jack – «Großvater, was ist das?» – «So sagt man der englischen Flagge.» – und glänzte poliertes Metall, während die Soldaten eilig hin und her rannten. Napoleon wandte sich dem Mann zu, der neben ihm stand, und bemerkte trocken: ‹Kein hübscher Aufenthaltsort. Ich wäre besser in Ägypten geblieben.› Daraufhin zog er sich ohne weiteren Kommentar in seine Kabine zurück.»

Über niemanden ist so viel geschrieben worden wie über diesen Mann. Aus der Zeit auf St. Helena kennt man jede Fliege, die er verscheucht hat, jedes Wort, das er gesagt hat, jedes Möbelstück, das er gerückt hat, um seine Langeweile erträglicher zu machen. Einer von Orias Vorfahren hatte eine gigantische Napoleon-Bibliothek mit über 20 000 Bänden besessen, welche später von der Wehrmacht konfisziert und nach Berlin geschickt worden war. Sie sah ein, dass man als Mann diesen Franzosen verehrte, der gar keiner war. Der Napoleonismus, diese Allianz von Geist und Tat, von Ideen und Kanonen, wie Heinrich Mann geschrieben hat, gestattete es Groß und Klein, den Generalissimus in sich selbst zu sehen. Aber auch hier gilt, dass es vom Erhabenen zum Lächerlichen nur ein Schritt ist. Viele, die Oria mochte, hatten sich dieser Verehrung ergeben, und deshalb waren sie ihr suspekt: Byron und Goethe und Puschkin, Heine und Hegel, Manzoni und Heinrich Mann, Placidus a Spescha und eine ganze Reihe meiner Vorfahren.

Großvater stellte sich vor, er sei in der Napoleon-Bibliothek seines Großvaters. Schritt wie ein General die Bücherreihen ab, stand – tac – still, machte rechtsumkehrt, kam im Taktschritt die Bücherreihen herunter, die Augen starr und ohne zu blinzeln geradeaus gerichtet, klopfte die Absätze zusammen, brüllte ein Kommando, wandte sich den Bücherreihen zu, hob die Brauen, fixierte einen Band mit breitem Rücken. *Emil Ludwig* stand darauf und *Napoleon*, eine Spezialausgabe, 1931 bei Rowohlt in 100 000 Exemplaren erschienen. Fixierte den Band rechts von Ludwig. *Spengler* stand auf dessen Rücken und *Der Untergang des Abendlandes*. Griff sich den Untergang mit einem Ruck aus der Reihe, schlug Seite 1081 auf und las:
«Damit ist der Eintritt in das Zeitalter der Riesenkämpfe vollzogen, in dem wir uns heute befinden. Es ist der Übergang vom Napoleonismus zum Cäsarismus, eine allgemeine Entwicklungsstufe vom Umfang wenigstens zweier Jahrhunderte, die in allen Kulturen nachzuweisen ist.»
Und dann erhellten sich die Züge meines Großvaters, und er sang frisch und frank die Nationalhymne des Stevau: «Den Riesenkampf mit dieser Zeit zu wagen, da frisch noch blüht der Jugend Kraftgefühl», um dann ins Romanische zu wechseln: *«Cul spért modern pervers de batter las battaglias, Buglient el giuven cor aunc la vigur ...»*
Oria aber meinte, Großvater sei aus dem Fieber seines kleinen inneren Napoleon mit den souveränen Überlegungen eines großen Strategenhirns in eine weniger heroische Rea-

lität versetzt worden, nämlich auf das Niveau eines herzlich unbedeutenden Altherrn des Schweizerischen Studentenvereins zwischen halb zwölf und Polizeistunde.

Unser Shatterhand hieß Napoleon. Oria sah es nicht gern, dass Großvater den Kindern diese Geschichten erzählte. Sie hatte ihm verboten, von den Schlachten zu erzählen.

Er durfte nicht erzählen von der Schlacht von Essling 1809 vor den Toren Wiens, die dreißig Stunden gedauert und 40 000 Soldaten das Leben gekostet hatte, alle drei Sekunden ein Toter. Durfte nicht erzählen von jenem Kürassier, dem inmitten der Schlacht die Hand abgerissen worden war und welchem Hauptmann Saint-Didier eine Flasche Schnaps zwischen die Zähne gestoßen hatte mit dem Ruf: «Trink und auf in den Sattel!» – «Mit seiner zerschmetterten Hand?», hatte ein Kamerad geschrien. «Für den Degen braucht er seine linke Hand nicht!» – «Aber für die Zügel!» «Er kann sie ums Handgelenk wickeln!» Durfte nicht erzählen, wie sich Saint-Didiers Kavalleristen wieder und wieder in den mähenden, niederreißenden österreichischen Kugelhagel stürzten. Von den Pferden, die, schlecht gefüttert, nicht mehr galoppieren konnten nach so vielen Attacken, lediglich in einen raschen Trott verfielen, die schlimmste Gangart für die Kürassiere, die so ständig durchgeschüttelt wurden in ihren stählernen Harnischen, welche an den Achseln, am Hals, an den Schenkeln ins Fleisch schnitten. Durfte nicht erzählen von dem Reiter, dem eine Kanonenkugel den Kopf weggerissen hatte, und wie das Blut in Stößen aus dem Kragen seines Küraß schoss, und der Reiter ohne Kopf noch immer unterwegs zur Linie der österreichischen Artillerie, starr im Sattel, den Arm nach vorn gestreckt, der Degen an einer Schnur am Handgelenk baumelnd. Durfte nicht erzählen vom Tod des Marschalls Lannes, dem die Beine zerschmettert worden waren und der sterbend Napoleon ins Ohr geflüstert hatte: «Beende diesen Krieg so schnell wie möglich.» Eine Stunde später hatte Napoleon seinem Sekretär diktiert: «Marschall Lannes. Seine letzten Worte. Er hat zu mir gesagt: ‹Ich möchte leben, wenn ich Ihnen dienen kann ...›» – «... Ihnen dienen kann ...», wiederholte der Sekretär. Und Napoleon weiter: «Setzen Sie hinzu: ‹... sowie unserem Frankreich. Aber ich glaube, dass Sie vor Ablauf einer Stunde Ihren besten Freund verloren haben werden ...›»

Wegen Orias Verbot hatten wir einen Bonaparte im Kopf, der auf einem Schiffsdeck stand, im wogenden Meer, einem ganz anderen Meer als bei Homer. Der Ozean des 19. Jahrhunderts funktionierte anders als das Meer der Antike. Oder wir hatten den Gefangenen im Kopf, auf seiner letzten Insel angelangt, wie er in Jamestown im Dunkeln durch die Menge schritt, durch welche eine Doppelkolonne Soldaten mit Gewehr und schimmerndem Bajonett eine Gasse bildeten. Glänzend im zitternden Schein der Fackeln die schwarzen, weißen, braunen, roten Gesichter der neugierigen Menge. Oder wir hatten vor uns einen desorientierten General, der fünf Wochen lang, die Arme auf dem Rücken gekreuzt, in den riesigen Sälen des Kreml auf und ab schritt, der mutterseelenallein ein leeres Moskau regierte, mit hundert goldenen Kirchtürmen, aber ohne Russen, ein

Moskau, das von diesen unsichtbaren Russen bald an dieser, bald an jener Ecke angezündet wurde, eine Taktik, die ihn fast um den Verstand brachte. Oder wir hatten vor uns einen, der sich mit seiner Armee aus Russland zurückzog, von Hunger und Kälte besiegt. Napoleon, im November 1812, zwischen Orscha und Borissow. In den Reihen seiner Leibgarde mitmarschierend, im Schnee einsinkend. Kilometerlang kein Wort. Oder einen Napoleon im Sarg, starr und kalt in seiner Uniform, dem sich die Menschen in langen Kolonnen näherten für einen scheuen letzten Blick. Neben dem Kopf der Leiche ein Diener, der die Fliegen vom Gesicht verscheuchte. Quer auf dem Kopf der mächtige Zweispitz. Die wartende Menschenschlange vorsichtig, als ob er jeden Moment aufspringen könnte.

Eine Variation, die Großvater auf Anna Blume verfasst hatte, auf diese bemerkenswerte Frau, die eine deutsche Sibylle gewesen sei, seine *Onna Sabella Schuoba*.

An Ann Anna Onna Roda Rad

Ach, auch Du, Karrettchenlieb, mit Deinen
27 Rädchen
ich karessiere Dir!
Du schrillst, ich schrille, er schrillt, wir wollen
Pfeifchen –
willst?
Das gehört sich nicht hierhin soso!

Du sei Du, Frau des *talianers*, Du seis, seis Du.
Italienne seist Du, sagen sie.
Lai far, lass fahren, ihnen bleibt der Kampanile
unkapiert.

Füßchen fein im Karrettchen klein
schreitest über Kraut und Stiel
Capuns bereitest Du.

Bimeid, schöne Maid, Eidexlein grün
Fülle gehüllt in *seida foularda*.
Grüner Blick auf Anna Rad,
grün erschau ich Dir.
Du schrillst, ich schrille, er schrillt, wir wollen
Pfeifchen –
willst?

Onna Roda, Anna grün, verflixtes Eidhexlein –
mein?
Do re mi sag:
1. Onna Roda hat Räder
2. Anna Rot ist Grün
3. Welche Farbe haben die Räder?

Elfen ist die Farbe Deiner Beine
Grün ist Dein Rosarad
Du holde *matta* Mädchen im Alltagskarrettchen
Du prallgrünes Tierchen, ich liebe Dir!
Du schrillst, ich schrille, er schrillt, wir wollen
Pfeifchen –
willst?
Der Ingwer soll im Molkenkessel *gingerlar.*

Anna Roda, Anna Rad, O – N – A!
Ich gummikaue Deinen Namen
Im Schneerausch, wittchenweiß.

Tust Du's, na, na tu's!
Man kann Dich auch linksrechts nach außen lesen.
Und Du, Du Friedlichste von allen,
Du bist vornhinten drunter wie auch drüber
O nein, O NA, o ja, A – N – N –A!
Talgtropfen rieseln leis auf meinen Rücken,
Onna Anna Roda Rad
Larifari fahren lass
Ich – karessiere – Dir!

«Ob diese Histori also von der Priesterschaft ersinnet worden, die Sennen in einem Christenlichen Leben zu unterhalten, oder ob sie in der That also sich zugetragen, wil ich nicht beurtheilen.»

J. J. Scheuchzer, Beschreibung der
Natur-Histori des Schweitzerlands, 1716

Die Spielkarten sind das Gebetbuch des Teufels, hatte Pater Pius über die Köpfe hinwegtremoliert, und in den Bänken drunten hatten alle die Ohren gespitzt, aber danach war nichts Interessantes mehr gekommen. Nur die Großmutter von Cuoz hatte sich später während der Suppe an folgende Begebenheit erinnert:

«Auf Bostg oberhalb Bugnei waren vierzehn, fünfzehn Männer am Wildheuen. Und dann kam plötzlich ein Wirbelwind und trug das Heu im Nu davon. Da öffnete ein Mann das Messer, schmiss es in die Luft und traf eine Karte, die Tarock-Sieben. Und tac! hörte der Wirbelwind auf. Das hat mir der Curdin Huonder von Mumpé erzählt, der erzählte viel. Nur das Messer habe der Mann nicht mehr gefunden.»

Eines Tages, es war am Herz-Mariä-Fest, da konnte die Urgroßmutter nicht mehr am Tisch Platz nehmen, und von da weg gab es jedes Mal dasselbe Theater, welche Großmutter nun zuoberst zu sitzen habe, denn keine wollte sich dorthin setzen, und jedes Mal ging es eine Ewigkeit hüstundhott, bis die eine oder die andere nachgab, ein Theater, das es, wie der Bub gemerkt hatte, manchmal auch in der Wirtschaft gab, wenn einer zahlen wollte und ein anderer beharrte: Nein, diesmal bezahle ich, und die Kellnerin stand dumm da und wusste nicht, was machen.

Großmutters Lektüren waren der *Calender Romontsch* und die *Gasetta Romontscha*. Beim Calender stand auf dem Titelblatt einmal jährlich der Preis und das Motto: Bete und arbeite. Bei der Gasetta stand unter dem Titel zweimal die Woche der Preis, das Datum, die Telefonnummer und die Parole: Pro Deo et Patria.

Welchen Gott hatte Großvater?
Ich weiß es nicht.

Welche Heimat hatte Großvater?
Ich habe gelesen, dass Heine geschrieben habe, dass die Juden sehr genau gewusst hätten, was sie taten, als sie den Flammen, die den zweiten Tempel zerstörten, auch die heiligen Gefäße, die Kandelaber und die Lampen aus Gold und Silber überließen und nur die Schrift retteten und mit sich ins Exil nahmen. Die Schrift sei ihr «portatives Vaterland» geworden. Auch Großvater war ein Flüchtling mit einem portativen Vaterland, das er mit sich trug: die Literatur.

Die Greisin schlummerte im Sarg, wächsern, ruhig. Das Kinn ein wenig schief, wie sie es in ihren letzten Tagen gehalten hatte, der Mund eingefallen, wohl weil man ihr das Gebiss herausgenommen hatte. Geruch von Totenblumen. Die Augen tief in den Höhlen. Man hatte ihr die Brille abgenommen, was sie sehr veränderte. Aber Tote tragen keine Brille. Heilige hat man auch noch nie als Brillenträger gesehen, Engel ebenso wenig. Onna Maria Tumera, genannt Oria, war seine Urgroßmutter gewesen. Die Bernsteinkette um den Hals hatte man ihr gelassen. Er hätte ihr lieber die kalte Büste von J. S. Bach mitgegeben.

«So verlässt man diese bucklige Welt, Bub, gelb, mit starren Fingern», hatte Großmutter gesagt. «Und man kann nichts mitnehmen, und darum kann man leichter gehen, wenn man nicht gerafft und angehäuft hat.»

Er hatte Oria noch einen letzten Augenblick lang beobachtet, als sie allein dagelegen hatte, war ihr mit den Fingerspitzen über die kalten Augenlider gestrichen, hatte dann seinen Mund ganz nah an ihr Ohr gebracht und beschwörend geflüstert: «Entweder du machst den Sprung, oder du machst den Sprung nicht.»

Dann waren sie gekommen und hatten sie aus der Stube geholt. Großvater hatte den Deckel auf den Sarg gelegt, der nun ein Metronom war, riesig wie ein Ochse, aber nicht zum Aufziehen. Großvater hatte nasse Augen. Ein paar Tage lang ging der Schnauz nicht mehr hin und her.

«Der Dichter Aischylos war auf Grund eines seiner Dramen unter der Beschuldigung der Gottlosigkeit verurteilt worden. Die Athener wollten ihn schon steinigen, da öffnete Ameinias, sein jüngerer Bruder, den Mantel und zeigte seinen Unterarm, an dem die Hand fehlte. Ameinias hatte sich bei Salamis ausgezeichnet und dabei seine Hand verloren. Als die Richter seinen traurigen Zustand sahen, gaben sie, eingedenk seiner Taten, Aischylos frei.»

Claudius Aelianus, Bunte Geschichten

Mein Ururgroßvater hatte von seiner Mutter ein Haus in Caho geerbt. Es war der Bau rechts von der Kirche, ein großes Doppelhaus mit Scheunen und Ställen. Es stand mitten im Dorf an der Landstraße, trug das Zeichen der Familie Faller und die Jahrzahl 1632. Das Erdgeschoss dieses Hauses war bis gegen Ende des Ersten Weltkrieges eine Wirtschaft. Da saßen die Geschlechter des Dorfes: die Beer, Berther, Bundi, Violand, Jagmet, Cagienard, Decurtins, Wolf, Liconis, Caplazi, Arpagaus, Faller, Tumera, Hetz, Muggli, Cajacob, Schlanser, Genelin, Albin, Foppa und Fontana.

Neben dem Haus war ein Baumgarten. Im Baumgarten stand ein mächtiger Kirschbaum. Von jedem Ast könnte ich noch sagen, wie er verlief, wie dick er war. Der Baum hatte ein Innenleben, das man nur kennen lernen konnte, wenn man hinaufkletterte und sich hineinbegab. Da saßen die Vögel des Dorfes: Spatz, Buchfink, Distelfink, Meise, Amsel, Rotschwanz, Star, Lerche, Elster, Hänfling, Goldammer, Pieper, Neuntöter, Grasmücke, Drossel, Häher, Kernbeißer, Kleiber, Zaunkönig, Ringeltaube. Ameisen rannten geschäftig die Rinde hoch, die Rinde runter. Und Mieze lag auf einem Ast im dichten Laub.

Auf diesen Kirschbaum ist Großvater dreimal gestiegen.

Pieder Paul Tumera sagte von sich selbst, er sei ein Titan, welcher das Privileg genossen habe, per Schiff durch die Lüfte zu segeln, er sei also auch ein Zappelianer. Was bezeugt wurde durch ein gerahmtes Diplom neben dem Barometer an der Stubenwand:

Wir Aeolus, des Hippotes Sohn,
ein Freund der unsterblichen Götter,
rechtmäßiger Beherrscher
der Luft, des Wetters, der Winde und Passate,
Monsune und Kalmen
haben allergnädigst geruht, dem
Staubgebornen

Peter Paul Tumera

an Bord des Zeppelinluftschiffes «Hindenburg»
Erlaubnis zum luftigen Überschreiten unseres
Äquators zu geben.
Gegeben an Bord
des Zeppelin L.S. «Hindenburg»
am 14. 3. 36

Wenn er dieses Diplom mit Donnerstimme und blitzenden Auges rezitierte, war er ein rebellierender Titan.

Zwei Kommentare

I

Wie Großvater den Akt kommentiert hat, den ein paar Aktenmappen-Herren zusammen mit dem Gemeindepräsidenten inszeniert hatten, bevor andere mit dem Bau des Schulhauses begannen:

«Da stehen sie jetzt wie die Pfifferlinge, haben alle ein Grinsen aufgesetzt und dazu einen gelben Helm, der ihnen auf dem Schädel sitzt wie auf einer Brunnensäule, und spielen einen Spatenstich vor in Halbschuhen, welche die Frau zuvor poliert hat – Bürschchen mit Apothekerfingern, Wildlederjacken und Mappen unterm Arm, wenn sie nicht gerade für ein Foto posieren. Los geht's mit Löffelbagger und Schaufel aber erst, wenn die von der Zeitung fort sind und die Halbschuh-Statisten wieder im Büro hocken.»

2

«Gute Nacht», sorgte sich Großvater, «die Hochkonjunktur hat ihren Preis.» Aus dem Fond des vw, den Spazierstock zwischen den Knien, betrachtete er die Dorfarchitektur der letzten Jahre, die ihm an der Nase vorbeisauste, und fügte hinzu: «Guter Gott, wenn du mir eines Tages den Verstand nehmen solltest, so lass mir doch wenigstens den guten Geschmack.»

Er saß im Auto immer hinten, mit Stock. In seiner Generation besaßen nur gut situierte, bessere Herren ein Auto. Stellte sich der Bub Großvater am Lenkrad vor, war er einer jener Automobilisten mit Hut, die sich krampfhaft am Steuer festhalten, das Kinn hochgereckt, den ganzen Oberkörper in Rücklage. Aber der reale Großvater saß stets im Fond und ließ hin und wieder eine Bemerkung fallen:

«Das Leben ist kein Roman, das Leben ist ein Haufen unfertiger Geschichten, oder vielleicht sogar nur ein Fotoalbum? Der Tod jedoch ist ein Schuhkarton voll Totenbildchen.»

Zu Orias Zeiten versuchten sich prominente Männer zuhauf als Dichter, und mit Abstand am beliebtesten waren Frühlingsgedichte. Dementsprechend war das Resultat. Oria, die Brille auf der Nasenspitze, ließ die Zeitung in den Schoß sinken und kommentierte:

«Das muss man dem Frühling hoch anrechnen: Jedes Jahr besingen ihn die Dichter, und trotzdem kommt er immer wieder.»

Aber er kam nicht. Der Bub hatte festgestellt, dass Oria in dieser Sache irrte. Kaum war der Schnee fort, der sich im April und Mai mit dem Verschwinden noch so schwer getan hatte, war auch schon der Sommer da.

«Bub, unsere Literatur wird zum größten Teil im Winter in überheizten Stuben geschrieben. Es gibt kein übleres Gift. Die Specksteinöfen machen die Literatur kaputt. Literatur entsteht nur bei klarem Kopf und warmen Füßen. Unsere Autoren schreiben mit heißem Kopf und kalten Füßen. Es käme viel besser heraus, wenn sie in warmen Hausschuhen in der kühlen Vorratskammer schrieben. So aber müssen wir uns mit einer Literatur von Stubenofenhockern zufrieden geben oder Muoth lesen oder Dostojewskij oder Gogol oder Puschkin.»

Oria hatte das Treiben der Mediziner verfolgt, wie sie Teile auswechselten, als obs bei einem Auto um den großen Service ginge. Wie Chirurgen in Grün, mit Kappen wie Sträflinge und Stoff vor Mund und Nase, sodass man nur noch die Brille sah, Herzen herausnahmen und einsetzten, Nieren, Lebern, Blut, Atem, Hirn. Großvater erzählte von einem Mann, dem französische Chirurgen die Hand eines Verunfallten angenäht hatten, und alles habe tipptopp funktioniert. Aber der Lebende sei mit der Hand des Toten nicht zurechtgekommen. Nach zwei Jahren habe er sich wieder von dem fremden Teil trennen wollen. Die Doktoren hätten wie die Karnickel aus den Sehschlitzen ihrer grünen, mundlosen Schleier geguckt und erstmals in der Geschichte der Medizin einen eigenen Fehler eingestanden und gesagt: Wir haben den falschen Patienten gewählt.

Die Alte saß am Feuer. Die Männer tranken ihr Bier, aßen mit dem Taschenmesser, kauten Brot und Speck, fassten die Flasche am Hals und hielten den Bügelverschluss fest, damit er ihnen nicht auf die Nase fiel. Sie tranken mit vollem Mund, das Bier wurde vom Brot aufgesogen, und das Essen bekam einen säuerlichen Geschmack, und in der Flasche schäumte es nicht wegen des Fetts auf den Lippen der Männer. Der Bub saß neben der Alten auf demselben Holzklotz, und rund ums Feuer saßen die Männer, redeten vom feuchtkalten Wetter und von der Arbeit, wie man Bäume fällte und wie man es anstellte, dass sie in die gewünschte Richtung fielen. Einer erzählte vom Krieg, von seiner Familie, die nicht mehr war, und es war traurig, und alle schwiegen.

Da stimmte, erstaunlich genug, die greise Oria ein paar Fetzen ihrer Variante der «Weise von Liebe und Tod des Cornets Christoph Rilke» an, nämlich ihre Flucht vor den Bolschewiken gegen Westen, gegen Sonnenuntergang:

«Gehen, gehen, gehen, durch den Tag, durch die Nacht, durch den Tag. Es gibt keine Täler mehr, keine Berge. Die schnurgerade Straße durchschneidet das Land und verschwindet im Unendlichen, wie vom Himmel verschluckt. Manchmal rüttelt ein Fuhrwerk vor uns, neben uns, hinter uns her, blähen sich Blachen im Wind und knattern, kreischen Räder, knirschen Beschläge. Das immer gleiche Knirschen. Die Herbergen an der Straße, die Hütten schief, geduckt in die Ebene, wir sehen sie kaum. Die Augen fallen zu, andere Bilder kommen und gehen, wir reiten tagein und tagaus. Und eines Tages werden wir ans Meer gelangen, im weichen Sand reiten, im Weiß der Schaumkronen, der Gischt. Die Pferde traben aufs Meer hinaus, Wasser spritzt, die Tiere scheuen, wiehern, tänzeln, bis wir uns sterbensmüde und mit langem Haar (ist es das unsre, sind es die Mähnen der Gäule?) im aschfahlen Horizont auf hoher See verlieren.»

«Der Mann auf der weißen Stute mit dem breiten Hut auf dem Rücken schiebt mit krummem Finger die Kordel von der Kehle und sagt: ‹Herr Marquis …›»

«Der von Langenau rückt im Sattel und sagt: ‹Herr Marquis …›
Sein Nachbar, der kleine, feine Franzose, hat erst drei Tage lang gesprochen und gelacht. Jetzt weiß er nichts mehr. Er ist wie ein Kind, das schlafen möchte. Staub bleibt auf seinem feinen, weißen Spitzenkragen liegen; er merkt es nicht. Er wird langsam welk in seinem samtenen Sattel. Aber der von Langenau lächelt und sagt: ‹Ihr habt seltsame Augen, Herr Marquis. Gewiss seht Ihr Eurer Mutter ähnlich –›
Da blüht der Kleine noch einmal auf und stäubt seinen Kragen ab und ist wie neu.»

«Jemand erzählt von seiner Mutter. Einer aus dem Norden offenbar. Laut und langsam setzt er seine Worte. Wie ein

Mädchen, das Blumen bindet, nachdenklich Blume um Blume probt und noch nicht weiß, was aus dem Ganzen wird –:
so fügt er seine Worte. Zu Lust? Zu Leide? Alle lauschen.
Sogar das Spucken hört auf. Denn es sind lauter Herren,
die wissen, was sich gehört. Und wer die Sprache des Nor-
dens nicht kann in dem Haufen, der versteht sie auf einmal,
fühlt einzelne Worte: ‹Abends› … ‹Klein war …›»

«Da hebt der Marquis den Helm ab. Seine dunklen Haare
sind weich, und wie er das Haupt senkt, dehnen sie sich
frauenhaft auf seinem Nacken. Jetzt erkennt auch der von
Langenau: Fern ragt etwas in den Glanz hinein, etwas
Schlankes, Dunkles …»

Oria redete mit dem bunten Volk, das die Dorfleute Kessler nannten, in einer anderen Sprache. Der Bub verstand nur ab und an ein Wort. Der Großvater hatte dem Bub seinen Hakenarm hart auf die Schulter gelegt, hatte sich so nah zu ihm hinuntergebeugt, dass der am Ohr die Bartstoppeln fühlte, und hatte ihm die großen, dunklen Worte zugeraunt: *Quei ei la romontsch cotschna dils vagabunds.*

Großvater steht da in seiner ganzen Narrensicherheit, mit gefärbtem Schnurrbart, Tschakko auf dem Kopf, und referiert:

«Wohl haben sie Oria begraben und alles so gemacht, wie es gemacht werden muss. Oria ist tot. Aber ist sie deswegen nicht mehr? Sie ist. Jemand, der gewesen ist, ist. Die Toten sind immer anwesend. Sowie man sie sich in Erinnerung ruft, kommen sie, Schatten dessen, was sie gewesen sind. Sie haben keine Farbe. Wer von den Toten nichts versteht, meint, sie seien grau oder weiß. Oria aber ist ein Trugbild, was ich nie erwartet hätte. Ohne Kopftuch. Sie hat in ihrem langen Leben Unmengen von Büchern gelesen. Die Bücher haben sie verfolgt. Nun ist sie zurückgekommen und murmelt etwas von einem anderen Kontinent, wovon ich nur den Rhythmus verstehe:
‹Ich zähle die Jahre an meinen Zahnlücken›, sagt sie, spricht dann von ‹gehörnten Sternen›, rezitiert ‹Ich bin ein giftiges Omega›, erzählt von einem ‹schäbigen Stierlein mit spröden Marmorknochen›.
Ich bemühe mich, Oria zu ertragen, wenn sie mir so kommt. Es geht nur mit der Flasche, mit Schnaps.»

Oria stammte aus dem Osten.

1920 war die Menschewikin durch die riesigen Wälder hinter Smolensk geflohen, war in jene Stadt gekommen, war weitergegangen, mit nichts als einem Kleiderbündel auf dem Rücken, auf jener Route, welche Abertausende von Soldaten eingeschlagen hatten. Sie war in den Westen gekommen, hatte die Richtung der Wölfe und der *Grande Armée* eingeschlagen, als diese nicht mehr die Sonne von Austerlitz im Genick hatte.

Wenn Mieze morgens von ihren Streifzügen heimkehrte, huschte sie stets der Hauswand entlang. Dort hantierte Großvater, klopfte auf dem Fenstersims alte Nägel gerade, die er aus einer alten, ebenfalls ein wenig rostigen Konservenbüchse geleert hatte. Jedes Mal blieb Mieze stehen, guckte Großvater verdutzt an, Großvater sagte seinen Vers her, Mieze guckte. Wenn der Vers zu Ende war, schnurrte Mieze mit kerzengeradem Schwanz an Großvater vorbei.

Großvater klettert zum ersten Mal auf den Kirschbaum: «Die Hand ist die Menschheit in ihrer Entwicklung. Aus der langen, zupackenden Pfote wird nach und nach eine formende Hand. Die Tätigkeit der Hand durchzieht die Geschichte der Menschheit und das Leben des Individuums. Die Hand tastet, spürt, liebkost, erkennt, unterscheidet, entscheidet, versteht, zeigt, spricht, packt, tötet, arbeitet, formt, erschafft. Die Hand hat Zivilisation und Kultur geschaffen. Von Hand hat Einstein E=mc^2 hingekritzelt. Stalins Ärmel hat ganze Völker von der Landkarte gewischt. Die Hand an der Wand hat Belsazar liquidiert. Mit der Hand hat Diogenes in der Akademie sich selbst befriedigt, als er den großen Aristoteles hörte: ‹Die Hand ist nicht in jedem Sinne ein Glied des Menschen, sondern sie ist es nur, sofern sie als beseelt ihr Werk zu verrichten vermag; ist sie unbeseelt, so ist sie auch kein Glied mehr.›

Euch Wichte aber interessiert nur die Kralle des Pieder Paul Tumera!»

«Alles dauert einen Tag, die da rühmen und die da ge-
rühmt werden.»

Marc Aurel

Großvater klettert zum zweiten Mal auf den Kirschbaum: «Wer weiß von Regett Safoya, Eigentümer von Valtenigia und Alp Naustgel, 1470 zum Haupt des Grauen Bundes gewählt, später noch dreimal Landrichter und gleichzeitig Landammann der Cadi, dessen Wappen eine schwarze Spitze auf silbernem Grund war mit einem sechsstrahligen silbernen Stern, begleitet von zwei sechsstrahligen schwarzen Sternen? Ist er nicht mehr als dreißig Jahre in der Landespolitik aktiv gewesen, mit den höchsten Ämtern beehrt, weit über die Grenzen hinaus bekannt, verschiedentlich in Sondergerichte delegiert zusammen mit den bekanntesten Männern der Drei Bünde?

Wer weiß von den Maissen aus dem Haus mit dem Eisernen Mann? Von Gilli Maissen dem Älteren zum Beispiel, Hauptmann, Richter des Oberen Bundes und Inquisitor, als sie Hauptmann Gory Schmid zum Sprechen brachten, nachdem er zum sechsten Mal auf die Folter gespannt worden war, laut Protokoll: ‹Item samstag am morgen frü hat man in ain mal uff gezogen. Du hat er sprochen ...› Gilli Maissen, Landammann, französischer Parteigänger und Pensionsempfänger, Landeshauptmann im Veltlin, ein Geldsack, der mit den Worten des Kaiphas das schlechte Gewissen der Laaxer beruhigte, nachdem diese dem Churer Strafgericht vom März und April 1572 den Johann von Planta, Herrn zu Rhäzüns, ausgeliefert hatten: ‹Es ist besser, dass ein Mann verderbe, als dass ein ganzes Volk zugrunde gehe.›

Weiß jemand von Pieder Bundi, dessen Wappen in Schwarz zwei silberne Pfähle zeigte, ein goldenes Schildhaupt und

135

auf dem Helm mit schwarz-goldenem Wulst ein schwarzes Patriarchenkreuz, das kurz und klein geschlagen auf irgend einem französischen Schlachtfeld liegt? Er war Landammann der Cadi, Haupt des Grauen Bundes und Podestat von Traona im Veltlin, ist 1570 in seiner Eigenschaft als Bundeshauptmann zusammen mit Abt Christian von Castelberg über den Lukmanier geeilt, um in Biasca den Kardinal Carlo Borromeo zu treffen, von dem es in der Geschichtsstunde hieß, er sei ein ganz Großer gewesen, weil wir ohne ihn vielleicht reformiert wären?

Was ist von Nicolaus Maissen geblieben außer zwei abgenutzten Zeilen aus einer Komödie, erinnert um des Reimes willen: *Stai bein, Cadi!* / *Clau Maissen sto fugir*, was weiter als ein Bronzerelief, das an einer Gedenktafel vor sich hin oxydiert? Was ist noch vorhanden nebst einer fünflibergroßen Plakette, den Leuten zu seinem dreihundertsten Todesjahr verkauft, mit dem Kopf des 1678 vor den Toren Churs erschossenen Tribuns vorne drauf, fürs Knopfloch am Kittel gedacht, nach dem Fest in einer Blechdose gelandet, die wie eine Trommel aussieht und als Verpackung für Basler Leckerli gedient hat, nun aber Kupfermünzen, Reißnägel, Haarnadeln, Büroklammern, Radiergummis, Schrauben, Gummibänder, Muttern, Steck- und Nähnadeln, Vorhangringe, Dübel, Heftklammern, Agraffen, zerbrochene Bleistiftminen, Bleistiftspitzer, Bilderhaken, Imbus-Schlüssel, Taschenlampenglühbirnchen, einen Phasenprüfer und weiteren Krimskrams enthält?

Wer fürchtet sich noch vor Bannerherr Cajacob von Sumvitg, Leitfigur der surselvischen Politik und Ökonomie,

Schreck aller Bauern, wenn er alljährlich auftauchte, korrekt, pünktlich, um ohne Nachsicht und Erbarmen Dorf für Dorf seine Zinsen und Zinseszinsen einzutreiben, zum Beispiel in Tujetsch, wo er acht Tage im Haus von Schreiber Lucas Cavegn logierte, bis er auch dem hintersten Bäuerlein die letzten Pimperlinge abgenommen hatte, die sich dann in seiner Tasche vermehrten, dass es eine Art hatte?

Und wo sind die Frauen dieser reihum versammelten Würdenträger der Cadi? Hat die Geschichte sie vergessen? Oder haben all die Podestaten ihre Schnitzel selbst gebraten? Und wer hat ihre ganze Nachkommenschaft großgezogen, auf dass die noblen Geschlechter Bestand haben würden von Ewigkeit zu Ewigkeit?»

Großvater klettert zum dritten Mal auf den Kirschbaum. Er lacht, als ob er einen dampfenden Teller Tatsch vor sich hätte, ist kostümiert als Engel, der nach Babylon kommt, zerlumpt, mit einem langen, roten Bart:

«Ist der Himmel so hoch, dass meine Flüche ihn nicht erreichen? Ist er so weit, dass ich ihn nicht hassen kann? Mächtiger denn mein Wille? Erhabener denn mein Geist? Trotziger denn mein Mut? Ich will euch Tatschfresser in einen Pferch zusammentreiben und in eurer Mitte einen Turm errichten, der die Wolken durchfährt, durchmessend die Unendlichkeit, mitten durch dein Herz, Onkel Blau.

Babylon, blind und fahl, zerfällt mit seinen Türmen aus Glas und Stahl, die sich unaufhaltsam in die Höhe schieben, dem Sturz entgegen; und vor uns, hinter dem Sturm, den wir durcheilen, verfolgt von Rittern vom Heiligen Grab, beschossen mit Tatsch, stampfend durch Sand, klebend an Fassaden, verbrannten Gesichts, liegt fern ein neues Land, tauchend aus der Dämmerung, dampfend im Silber des Lichts.»

Der Bub hatte Talent. «Talent ist stupend», sagte Großvater, «stupend und schön», «... und schön ist», sagte der Bub,
der inzwischen ans Gymnasium vorgerückt war, «was ohne
Interesse wohlgefällt.» Noch bevor Großvater über diesen
Satz hätte diskutieren können, fuhr Großmutter dazwischen und sagte streng: «Lali, schwatz kein dummes Zeug.»
Sie sagte das ohne Ausrufzeichen. Es war etwas, was sie
häufig sagte. Die Diskussion war damit abgeschlossen. Wir
hatten hier eine Art Matriarchat, welches von Großmutter
– zac – mit vier, fünf kurzen Standardsätzen markiert wurde. In ihrem Reich hatte Großmutter die absolute Autorität:
in der Küche, drunten im Stall, wo sie ihre Schweine hatte,
im Garten – einem steilen, rundum eingezäunten Stück
Land am Dorfrand. Zuunterst standen dort auf der ganzen
Länge Himbeersträucher, in denen man Verstecken spielen
konnte. Dann kam eine Wiese mit drei nebeneinander ste-
henden Bäumen, der größte gegen Osten, ein Weichselkir-
schenbaum mit Früchten, durch die man fast hätte hin-
durchschauen können. In der Mitte stand ein Aprikosen-
baum und gegen Westen ein Pflaumenbaum, beide viel
kleiner. Überm Kirschbaum den Hang hinauf ein paar Zeilen rote und ein paar Zeilen gelbe Kartoffeln. Der eigentli-
che Garten war in der obersten westlichen Ecke. Da gab es
Schnittlauch, Rhabarber, ein Beet mit Lilien.

Wenn Pieder Paul Tumera seinen Kittel vom Kleiderbügel nahm, auf dem ein Lamm zu sehen war und die Inschrift «Tuchfabrik Truns», wenn er sich in die Ärmel mühte und, nachdem er dies geschafft hatte, die Achseln hob, einen Buckel machte und sich einen Ruck gab, damit der Schwengel sitze – dann pflegte er Frack-Geschichten zu erzählen. Geschichten, die er sich so zurechtlegte, dass sie sich seiner bemächtigten. Wer wann wo wessen Frack angehabt hatte, und ob mit oder ohne Hut, und wenn mit, mit was für einem. «Potztausend, die Kleidergeschichten sagen alles über eine Person, und eine Menge über ihr Drum und Dran und ihre Situation:

Moskau, Ostern 1830.
Puschkin betritt atemlos
das Haus von Madame Gontscharowa,
in der Hoffnung,
endlich eine ihrer Töchter zu bekommen.

Lindau, Juli 1873.
Muoth kommt im keuchenden Zug,
um sich mit dem Präsidenten Capeder zu treffen
in der Hoffnung,
endlich eine seiner Stellen zu bekommen.

Beide trugen geliehene Fräcke.
Beide waren um die Dreißig.
Ihre Hüte erwähnt die Überlieferung nicht.

Einer wurde erschossen,
was seinem Ruhm förderlich war.
Der andere ist normal gestorben, was
seinem Ruhm auch nicht geschadet hat.
Beide sind Nationaldichter geworden.»

Oder:

«St. Helena, Mariä Himmelfahrt 1817.
Napoleon zeigt sich an seinem achtundvierzigsten Geburts-
tag seiner Entourage in einer alten, grünen Uniform, deren
Stoff er hat wenden lassen, damit man nicht sieht, wie abge-
tragen sie ist. Den Hut hat er nicht einmal mehr zu diesem
Anlass aufgesetzt. In seinem Kleiderschrank hangen noch
der Anzug des ersten Konsuls, die blaue Uniform aus der
Schlacht von Marengo und ein grauer Frack.»

Als Pieder Paul Tumera seinen Kittel nicht mehr vom Bügel
nahm, hing dieser weiter an der Garderobe, hilflos, verlassen. Ich wurde damals auf die tragische Dimension von Kit-
teln, Uniformen und Fräcken aufmerksam. Und sah, wie die
Dinge ihr Wesen verändern, wenn sich ihr Besitzer für
immer von ihnen getrennt hat.
Eines Tages war nur noch der Bügel da.

Has ti bia, lu vegns ti prest
Aunc a survegnir dapli.
Tgi ch'ha pauc, a quel il rest
Vegn aunc priu naven in di.

Has ti aber lidinuot,
Ah, lu lai satrare tei,
Pertgei dretg da viver, lump,
Han mo quels che han zatgei.

Auf diese Verse war Großvater besonders stolz. Hatte doch
kein anderer als Heine sie ins Deutsche übertragen, und
kein Mensch hatte etwas gemerkt:

Hat man viel, so wird man bald
Noch viel mehr dazu bekommen.
Wer nur wenig hat, dem wird
Auch das wenige genommen.

Wenn du aber gar nichts hast,
Ach, so lasse dich begraben –
Denn ein Recht zu leben, Lump,
Haben nur, die etwas haben.

«1620. Natum est monstrum in Arpagaus, 26. mensis Novembris et fuerunt ambae femellae habentes duo capita, quattuor brachia, quattuor pedes; una viva apparuit et baptyzata; altera vera mortua nata.

1620. Geboren ein Monster in Arpagaus, den 26. November, und es waren weibliche Zwillinge, hatten zwei Köpfe, vier Arme und vier Beine. Eine lebte und wurde getauft, die andere kam schon tot zur Welt.»

Kirchenbuch Breil / Brigels

«Was taugt dein Arm, was deine Glieder?
Sie hangen windelweich hernieder.»

Pieder Paul Tumera sitzt mit seinem Eisenarm wie ein Be-
sessener am Flügel, und ich entdecke, «wie viel Schönheit
im Grauen und in der Disharmonie liegen kann, wenn er
mich in die perfekten Räume der Disziplin führt: die jähe
Gewalt auf den Tasten, der gereckte Hals, die blicklosen
Augen, verzückt in der Perfektion und gleichgültig gegenüber dem menschlichen Elend.»
Er hämmert ein Konzert «Für die linke Hand allein», einem
Kriegspianisten wie ihm auf den Leib geschrieben. Plötzlich, nach dem ersten Satz, ein Schlenker in den Jazz hinüber, dann wieder baut er Passagen ein, die wie spanische
Musik klingen, verwandelt sich in einen Don Ramón del
Valle-Inclán. Sein Letztes aber gibt er, als er die «Cadenza»
hinfegt und in die Seiten der Partitur, die er nicht umblät-
tern kann, die Worte Ravels brüllt: «Interpreten sind Skla-
ven.» Worauf Oria entgegnet: «Interpreten sind Wölfe!»
Und in der Tat: Ich sehe das Wölfische auch in seinem
Gesicht, und die ganze Tragik seines Genies, das früher
oder später zugrunde gehen muss in dieser furchtbar kalten, unwirtlichen Wüste, die die Welt um ihn ist.

Aber die flinken Läufe der kristallenen Töne entführen
mich bald wieder, und gespiegelt im Flügel schaue ich ein
Bild, das mich verschlingt:

Den Triumphmarsch und Liebesreigen unserer Sippe,
verkündet vom Großvater mit gesträubtem Haar,
verwandelt in einen zottigen, wilden Mann
mit Katzenschnurrbart.
Schultern wie ein Ochse und zwei Arme
mit Affenhänden,
die er herzeigt voller Stolz.
Und mitten im Traum reitet Donna Oria voller
Leben und Fleisch,
bekleidet bloß mit einem mächtigen Zylinder.
Reitet auf einem roten Stierlein mit goldenen Hörnern.
Der Leib des Tierchens wie mit einer Zange umschlossen
von ihrer kolossalen Weiblichkeit.
Sie hält ihre prallen Brüste,
die Warzen steif, zum Säugen von Zwillingen bereit.
Und rechts und links aus ihren Schultern wächst
der Raubvogel mit dem doppelten Kopf.
Ich rieche Orias Vlies, das sich vermischt
mit dem Fell auf des Stierchens feuchtem Rist.
Folgt der pechschwarze Ochse, brüllend gen Himmel.
Die Zunge gereckt, die Hörner schlagend wie Flügel.
Auf einem Pferd, eng umschlungen mein Vater,
meine Mutter
– dazwischen der Ochse –,
nachdem sie mich gezeugt haben ohne große
Überzeugung,
das Glied schon erschlaffend.
Der Schwanz des Tieres wie eine längliche Kralle,

die zum Himmel schreit,
welcher nirgendwo ist,
gegen die entfesselte Zeit.
Diese Brut galoppiert daher auf Kolonnen von
Wörtern und Buchstaben
und Krakeln und Haken und gewundenen
Schwänzen
und Zeichen, die alles beschaut
und niemand zu Ende liest.
Am Schluss des Gekrakels
trotten ein lachender Totenschädel,
der Nacken eines Kanonikus
und der Abdruck vom Finger
eines Drachens.

Turengia steht frühmorgens im Waschhaus neben dem Kessel, in dem die Kartoffeln für die Schweine gekocht werden, und siedet alte Schuhe aus. Rührt die gelbe Suppe mit einer großen Holzkelle, auf welcher «Persil» geschrieben steht. Legt nach Bedarf Brennholz nach. Liest zwischendurch in der Vita des Flavius Josephus. Immer wenn es richtig höllisch aufwallt, blättert er eine Seite um und schmeißt einen weiteren Schuh seiner Vorfahren in die Brühe. Will das Schuhzeug die Nase aus dem Kessel strecken, kriegt es eins mit der Persil-Kelle. Sein verschwitztes Gesicht glänzt im heißen Dampf.

«Ich verkünde im wallenden Dampf meine Genealogie, so wie ich sie in Stiefeln und Pantoffeln vorgefunden habe, und schaue voll Verachtung auf jene, die mich zu diffamieren trachten.»

Turengia sitzt spätabends auf dem Hügel am Höhenfeuer und verbrennt alte Schuhe. Wirft Scheiter und Reisig hinein, bis die Zungen im Dunkeln hochschießen, neckt die Flammen mit seinem Schürhaken. Liest zwischendurch in der Vita des Flavius Josephus. Wenn es lodert, dass man Teufel braten könnte, bewegt er den Schnauz hin und her und wirft einen weiteren Schuh seiner Vorfahren ins Feuer. Sein Gesicht leuchtet im Widerschein wie das eines Kindes, das im Umzug mit Fähnchen und Lampion durchs Dorf geht. Qualm und Gestank nehmen von Zeit zu Zeit überhand.

«Ich verkünde im quellenden Rauch meine Genealogie, so wie ich sie in Latschen und Galoschen vorgefunden habe, und schaue voll Verachtung auf jene, die mich zu diffamieren trachten.»

Großvater steht mit hinreißender Präsenz in der Morgensonne und sagt, ohne mit der Wimper zu zucken:

«Der Maurerhammer ist ein Tomahawk,
der Flaumer ist ein Pferd,
das du vorne an der Mähne packst,
ich bin Old Shatterhand,
du bist Winnetou,
Maribarla mit den langen Haaren ist eine Squaw,
das Zelt in Johanns Garten ist ein Wigwam,
Gion Gieris Bless ist ein Kojote,
und Mieze ist ein Panther,

howgh!»

Als sie ihn mit dem gelben Auto holten, spähte das ganze Dorf durch die Vorhänge. Er hatte seinen Tschakko auf, hatte den Sonntags-Arm mit der Lederhand montiert, und murmelnd stieg er in den Wagen. Zwei Männer in weißen Schürzen flankierten ihn. «Flankierende Maßnahmen», machte der Großvater zum Bub und zwinkerte ihm zu.

Im Auto verlangte er wie ein Herr, dass sie das Fenster herunterlassen sollten. Und zum Fenster heraus wandte sich Großvater an die Normalen: «Ich protestiere. Meiner Lebtag habe ich vor unseren Namen das Adelsprädikat verlangt. Von Mutters Seite stammen wir vom Geschlecht der Montenegros ab, von dem es hieß, dass es sich nicht von Königen herleite, sondern die Könige von ihm.»

Er war jetzt Don Ramón del Valle-Inclán.

Sein Schnauz ging hin und her. Das Fenster ging hoch. Die Karre fuhr durchs Dorf hinab.

Es hieß, wenn der Wolf seine Zähne verloren habe, würde ihm die Krähe auf dem Buckel herumspazieren. Aber das haben die Krähen bei den Wölfen aus unserer Sippe nie gewagt.

Die Kammer war leer. Er hatte alles wegräumen lassen. Nur der Nachttisch war noch da mit dem Nachthafen drin. Darauf zwei brennende Kerzen, und zwischen diesen tanzte ein leichtfüßiger Shiva mit vier Armen und vier Beinen. Das Fenster war offen, die Luft frisch. Auf dem Fenstersims die Eisenhand. Pieder Paul Tumera hatte sich von der Welt verabschiedet und alle aus dem Zimmer geschickt – alle außer mir. Er hielt meine Hand, zum Gehen bereit, und ich spürte, dass er gehen konnte und wie das Leben aus ihm wich. Da stemmte er sich nochmals mühevoll hoch. Der Schnauz ging hin und her – ich ahnte es mehr, als dass ich es sah. Seine letzten Worte klangen verwundert: «Ich lebe noch?» Dann fiel er in die Kissen zurück.

In meiner Hand lag eine Kralle.

Großvaters Geplänkel mit Mieze, die er Minadin und Muschi und Mizzi nannte, und seine Verse auf Mieze, aber auch auf den einen oder andern Nachbarn, allerdings kaum je ohne Erwähnung von Mieze, verfertigt bevor sie ihn vom Baum herunterholten und nach Beverin brachten, zum Besten gegeben jedes Mal, wenn er Mieze begegnete, oder dem Martin, der Barla, oder den verschiedenen Gions und Antonis und ihren Kombinationen, oder den Autoritäten vom Sigrist bis zum Pfarrer, oder wenn es nach Regen aussah.

«Um die Ecke
Von Nachbars Schopf
Luchst ein Katzenkopf
Grüne Augen, Ohren spitz
Und flinke Pfoten
Wie der Blitz
Kätzchen frisst Spätzchen
Katz frisst Spatz
Miau schau wem.»

«Minadin war im Garten
Und hat jetzt den Bauch
voll Schnittlauch»

«Der Nachbar ist ein Tropf
Denn aus seinem Schopf
Hat Minadin die Wurst geklaut
Und alle haben zugeschaut.»

«Muschi Muschi Katzenbuckel
Die Barla ist ein Schnuckel
Güggel Güggel Gockelhahn
Der Martin ist ein Grobian.»

«Minadin Maudi Murrlimutz
Büsi Schnüsi Schnurrliputz
Maudi fährt Audi
Gion Cazzet fährt vw
Oje!»

«Gion Antoni Katzenstrecker
Geht der Mieze auf den Wecker.»

«Nina Nana Ranz
Die Katze bricht den Schwanz
Der Pfarrer muss ihn flicken
Der Sigrist will ihn strecken.
Nina Nana Löffelstiel
Das ist dem Büsi doch zu viel.»

«Schwarze Wolken hangen
Und die Bauern plangen
Alle Katzen ranzen
Und die Mäuse tanzen
Der Tödi hat 'nen Degen
Und Regen bringt Segen.»

«Sacumpentel zacumpaglia
Rottambottel rottadambot
Eni capeni da min conblà
Siatmatusa clenatà.»

Man sagte, Großvater habe seine Verse aus der Rätoromanischen Chrestomathie. Aber dem war nicht so. Die Rätoromanische Chrestomathie hatte ihre Verse vom Großvater.

Großvater ließ sich nicht stören von dem, was gesagt wurde. Unbeirrt las er mir und der Katze Plinius vor, wohl wissend, dass die Leute lieber herumschwadronieren, statt sich die wichtigen Sachen anzuhören: «*M. Sergio, ut equidem arbitror, nemo quemquam hominum iure praetulerit ...* Dem M. Sergius Silus wird wohl niemand, wie ich annehme, irgendeinen anderen vorziehen. *Secundo stipendio dextram manum perdidit.* Auf seinem zweiten Feldzug verlor er die rechte Hand. *Sinistra manu sola quater pugnavit, duobus equis insidente eo suffossis.* Mit der linken Hand allein kämpfte er viermal, und zwei Pferde wurden ihm unter dem Sattel durchstochen. *Dextram sibi ferream fecit.* Er ließ sich eine rechte Hand aus Eisen anfertigen und am Arm befestigen und kämpfte damit, als er Cremona befreite, Placentia verteidigte und in Gallien zwölf feindliche Lager eroberte. *Ceteri profecto victores hominum fuere, Sergius vicit etiam fortunam.* In der Tat, die Übrigen waren Sieger über die Menschen, Sergius aber besiegte sogar das Schicksal.»

Was heißt transzendental?

Als Kennedy am 26. Juni 1963 nach Berlin geflogen war, vor 400 000 Menschen gesprochen und mit den Worten geendet hatte: «Ik bin ein Böörliner», hatte Großvater zum Radio gesagt: «Und ik bin ein Kantianer.» Der Bub hatte angenommen, dass das etwas mit Kantine zu tun habe, also etwa das Gleiche sei wie Italiener.

Großvater ist Immanuel Kant bis zum Tode treu geblieben. Als er einmal in Chur drunten gewesen war, um seinen Hörapparat regulieren zu lassen, der im rechten Ohr pfiff, und er nachher noch in einen Selbstbedienungsladen gegangen war, nun vor der Kasse stand mit seinem groben schwarzen Geldbeutel, schimpfend, dass man hier keine Toscanis führte, die Münzen hervorklaubte, um ein Brot, einen Salsiz und eine Schokolade zu berappen, und die Kassierin ihm die existenzielle Frage entgegenkrähte: «Hän Sie a Cumuluskarta?», da hatte Großvater geantwortet: «Ich nenne alle Erkenntnis transzendental, die sich nicht so wohl mit Gegenständen, sondern mit unserer Erkenntnisart von Gegenständen, so fern diese a priori möglich sein soll, überhaupt beschäftigt», hatte der Frau die Münzen in die Hand gedrückt, den Geldbeutel zugemacht und eingesteckt, die Papiertüte genommen, den Schnauz hin- und herbewegt, seine Siebensachen zurechtgerückt und war gegangen.

Die Briefe an Oria

Liebe Oria
Bin am Geschichtenmachen und völlig verrückt, es ist mir
übel, ich habe Bauchschmerzen, Brechreiz. Schreiben ist
das beste Brechmittel. Esse nichts, trinke nichts. Möchte an
einer Tube Senf saugen. Mein Bauch ist voller Ideen, die
nicht aufs Papier wollen. Eli Eli lama asabtani, er ruft Elias.
Grüße. Dein Bub.

Liebe Oria
Dein Grab ist schon lange aufgehoben, das deines Nachfol-
gers auch schon. Süße Friedhofserde bist du.
Wir hatten uns geeinigt. Du hattest mir versprochen, dass
du zurückkommen und dich mir zeigen würdest, wenn das
möglich sei. Du hast nicht zurückkommen können. Keiner
kommt zurück, jetzt weiß ich es. Warum zurückkommen?
Hier hat sich nicht viel verändert. Wohl sind die Leute ver-
wöhnter, haben für jeden Mist einen speziellen Apparat. Die
Telefone sind nicht mehr an der Wand. Jeder hat eins in der
Tasche, und wenn einer allein irgendwo auf der Straße laut
spricht, dann nicht, weil er nicht recht bei Trost wäre, sondern weil er telefoniert. Aber der Stammtisch ist noch
immer beim selben Thema, und der Gemeindevorstand ist
so gescheit wie zu deiner Zeit.
Grüße. Dein Bub.

Zum Teufel Oria

Meine Wörterbücher sind meine Lego-Schachteln. Mit den Klötzchen, die da drin sind, baue ich mir einen Turm, dessen Spitze bis zum Himmel reicht. Und wenn Babylon einstürzt, gebe ich meinem Werk den Titel *battibugl*, Kuddelmuddel.

Hu Oria

Du kannst Menschen heilen, das Wetter vorhersagen, Übel vertreiben. Ich bin sicher, dass du fliegen kannst. Auf dem Besen fliegst du. Warum nimmst du mich nicht durch die Lüfte, zum Stall hinein und zu den Ritzen wieder hinaus – husch! in andere Kontinente? Du sagst nichts, nie weiß man, ob du schläfst oder zuhörst.

Ha Oria

Zwei Minarette, zwei Pappeln – rechts und links vom Kirchturm, habe ich geträumt. Der Pfarrer ging mit dem Brevier auf dem Dorfplatz auf und ab, unter zwei Pappeln mit einem Portal dazwischen. Großvater saß auf der Pappel links, umfasste sie mit Affenarmen und lamentierte von dort herunter die fünf Verse der hundertelften Sure des Koran:

«1. Die beiden Hände von Abu Lahab werden vergehen, und er wird vergehen. 2. Sein Reichtum und was er erworben hat, wird ihm nichts nützen. 3. Bald wird er in ein flammendes Feuer eingehen; 4. Und sein Weib wird das Brennholz herbeitragen. 5. Um ihren Hals wird ein Strick von gewundenen Palmenfasern sein.»

Hihi Oria

Zuletzt war Großvater ein Zitatenlexikon. Wenn er was rausließ, wars ein Zitat. Wenn etwa die Bauern absichtlich am Ostersamstag Mist durchs Dorf führten, spielte er den Frosch, riss von einem Ohr zum andern ein großes Maul, zog den faltigen Hals ein, bis er ein Doppelkinn hatte, und quaquakte durch die Nase den klassischen Vers auf die Bauerntrampel:

«*Quámvis sínt sub aquá sub aquá maledícere témptant*».

Großvater war ein Rätsel, das ganze Bibliotheken gelesen hatte und sich erinnerte wie ein Stein. Er hatte das absolute Gedächtnis.

«Aber die Leser», hatte Großvater gesagt, «dieses Pack, will von Zitaten nichts wissen. Sie wollen nur wissen, wer gemeint ist. Dann stell eben Schneemänner auf, blas ihnen in die Nase und sag: Sie da mit der Spitzenhaube, das ist meine Urgroßmutter, mit Haut und Haar. Der Einarmige dort ist mein Großvater, wie aus dem Gesicht geschnitten, ganz wie er leibte und lebte. Der da mit der Rübe im Gesicht ist – mau – Onkel Blau. Und die ganze Geschichte ist bis über die Ohren wahr.»

Unterm Herd durch hoppeln, zit zit zit, Wildleutchen und Zwerge und Geschichten und Zitate. Hihihi Oria.

Da hast du den Bauch herausgestreckt, die Hände drauf gelegt und gelacht wie eine Kuh.

Das Meer ist irdisch. Der Himmel ist himmlisch und männlich ohne Maß und leer.

Oria war aus dem Meer gekommen. Aus dem Baltischen Meer. Ein Fisch mit einem Stück Bernstein im Maul. Im Bernstein eingeschlossenen ein Insekt. Sie glaubte das Unerhörte: dass ihre Seele sterblich sei. In ihren Notizbüchern, die ich mitgenommen habe auf die Reise in den Osten, habe ich ihr Geheimnis gelesen. In Reval, in einem Hotelzimmer, von welchem man diese märchenhafte Stadt mit ihren Hunderten von goldenen Türmen, wo West und Ost sich mischen, überblickt:

«Der Unterschied zwischen uns ist, dass ihr eine unsterbliche Seele habt, und eine solche habe ich nicht. Das ist wie mit den Meernixen, die haben auch keine. Sie leben länger als die mit der unsterblichen Seele, aber wenn sie sterben, so verschwinden sie vollständig und spurlos. Aber wer kann die Menschen besser unterhalten, bezaubern und verhexen als die Nixe, wenn sie spielt und lockt und reizt. Wenn sie die Menschen dazu verleitet, wilder zu tanzen und heftiger zu lieben als üblich. Und dann, plötzlich, ist sie verschwunden, und alles, was von ihr bleibt, ist eine nasse Spur auf dem Boden.»

Das war Oria, die steinalte Dame, ohne jede Spur von Pietät sich selbst gegenüber, so wie ich sie und ihr Leben und Denken gekannt hatte.

Da bin ich auf den Balkon meines Zimmers hinausgetreten und vor dem Baltischen Meer gestanden wie Maria vor dem Engel des Herrn.

Zwei Ecce-Homos. Jenes von Großvater aus der Literatur. Jenes von Großmutter aus dem Leben:

«das ist der Mensch
einarmig
immer»

> *Hilde Domin*

Ecce
Homo
und
als
die
Mutter
die
Großmutter
wusch
und
wie
ihre
Beine
wie
Deichseln
waren
ach
nur

gewaschene
Knochen
und
sie
schämte
sich
beraubt
ihrer
Kleider
ihrer
Haare
ihres Fleisches
ihres
Lebens
oh
Großmutter
sicut
transeat
und
sicut
in principio et nunc et semper

Geschichte aus Beverin: «Hier ist eine Frau, die ihre rechte Hand nie benützt. Sie hätten ihr die rechte Hand abgenommen, sagt sie, obschon man sieht, dass sie noch da ist, wie bei allen andern auch.»

Der Küchentisch war ungeheuer lang für ein Kind.

An diesem Tisch hatten Generationen den Hunger gestillt. Von diesem Tisch waren Generationen hungrig wieder aufgestanden. Darum wurde vor und nach der Mahlzeit das Vaterunser gebetet. Als niemand mehr von Teuerung und Hungersnöten wusste, hatte das aufgehört. Großvater machte noch mit dem Messer ein knappes Kreuzzeichen aufs Brot, bevor er es mit der Prothese gegen die Brust drückte und anschnitt. An diesem Tisch hatten Generationen von Eltern geredet und geschwiegen. Er hatte eine Schublade mit einem abgegriffenen, gelben Messingknopf. Die Mutter zog sie heraus, damit der Kleine darin herumfuhrwerken konnte. Er räumte Löffel, Gabeln, Kellen, Holzteller, den Zapfenzieher und den Kartoffelschäler heraus, warf alles holterdipolter auf den Boden. Die Tischplatte war kreuz und quer übersät mit Kerben und Furchen, wie Orias Haut, hatte Tausende von Wurmlöchern, und gegenüber der Schublade hatten die Buben in die Kante geschnitzt: Elvis Presley.

Unter diesen Tisch ist Großvater fünfmal neben den Hund gekrochen.

Großvater kriecht, wau, zum ersten Mal unter den Tisch: «Der Hund hat Descartes auf der Latte, Pascal kann er nicht riechen, und Augustinus ist ihm zu einfältig. Der Hund liest am liebsten Diogenes – geh mir aus der Sonne – oder Montaigne, er verehrt Montaigne auf Französisch: *J'adore Montaigne*. Aber Diogenes, der Hund, ist ihm der liebste Autor. Stundenlang liegt er bäuchlings unterm Tisch, schließt die Augen, öffnet bald das eine, bald das andere, studiert die Hunde, das Kinn auf ein Buch mit gelbem Einband gestützt: *Die Weisheit der Hunde.*»

Großvater kriecht, wuff, zum zweiten Mal unter den Tisch: «Mein Chef weiß, dass ich träume, dass ich denke, er weiß, dass ich eine Seele habe. Mein Chef ist, gleich nach mir, der Größte.»

Großvater bellt zum dritten Mal unterm Tisch: «Er liest in einem schmalen Band über das Schreiben, immer wieder dieselbe Seite, und ich komme auf dieser Seite auch vor, auch meine Vorfahren kommen vor, und ich denke, dass ihm das gefällt. Aber ich glaube, dass ich anders bin.»

Großvater bellt zum vierten Mal unterm Tisch: «Und sie lecken sich gegenseitig und erzählen immer denselben Käs.
Diogenes aber liegt im Schatten der Mittelmäßigkeit und rülpst.»

Großvater bellt zum fünften Mal unterm Tisch: «Ob Schreiben eins der schwersten Metiers wäre?
Zum Glück kann ich nicht schreiben. Ich habe oft unterm Tisch hervorgeschaut und gesehen, wie er an dieser einsamsten aller Arbeiten litt. Ich hätte ihm sagen wollen:

Komm, lass uns an die steilen Hänge gehen, wo wir hinge-
hören. Überlassen wir die Stube jenen, die gern schreiben,
die ihre Bücher leicht und hemmungslos zusammenkrie-
gen.

Ich habe gesehen, wie er dasselbe dachte wie ich. Und so
ruckartig aufstand, dass der Stuhl umstürzte. Mit wirrem
Haar wankte er zu den Büchern hinüber, rüttelte an den
Gestellen, kippte alles auf den Boden. Packte und schmiss
die ganze Stubenweisheit zum Fenster hinaus. Ich, auf allen
vieren, schaute unterm Tisch hervor zu.

Die Schreibmaschine flog mit eingespanntem Bogen und
allem zum Loch hinaus. Das Wandtelefon, das der Sievi
Canut seinerzeit installiert hatte, als die Swisscom noch
PTT hieß, bekam Beine und rannte, was diese hergaben, die
Straße hinunter. Mein Meister brüllte zuerst wie Poliphem
mit dem Pfahl im Auge, musste gleich danach lachen wie
eine Kuh beim Anblick des Telefons, das auf seinen kurzen
Beinen davontrappelte. Er packte das Telefonbuch und
schmiss es hinterher, sodass alle Nummern herausfielen
und massenhaft Nullen davonrollten und den Apparat
rechts und links und drunter und drüber überholten,
sodass er stolperte und auf die Nase fiel.

Da haben sich, oje, die Gewichte der Kuckucksuhr, gussei-
serne Tannzapfen, ein wenig gesenkt, die Uhr öffnete ihr
Pförtchen, und der ahnungslose Kuckuck, der doch nur die
Stunde hatte anzeigen wollen, wurde zum nächsten Opfer
seiner Rage und hing nun traurig verrenkt aus dem dunklen Loch.

Und er ist hinübergegangen und hat die Musik lauter gestellt, Händel, er drehte so auf, dass uns dieser Händel luzid, strukturiert, brillant, souverän machte und dass wir wie elektrisiert den ganzen Rest hinausschmissen. Ich habe ihm ins Gesicht geschaut, ins Gesicht eines Besessenen. Noch nie hatte ich meinen Meister mit einem solchen Glanz in den Augen gesehen.

Plötzlich packte er mich an den Vorderpfoten und begann mit mir wie närrisch in der Stube herumzutanzen. Ich hatte Mühe, in dieser menschlichen Haltung auf den Hinterbeinen Schritt zu halten. Um im Gleichgewicht zu bleiben, streckte ich meinen Schwanz ganz steif in die Höhe.»

«Und da ging das Licht aus, und wir saßen im Dunkeln.»

Shakespeare, King Lear

Die Vorfahren sind jetzt alle, zusammen mit anderen Leuten, in einer großen Brissago-Schachtel versammelt, Gelbband, Handgemacht, *Fatg a mang, Fabbrica Tabacchi Brissago,* Gegründet 1847. Ein ganzes Bündel. Nicht Genesis 3,19, Mensch du bist Staub und wirst wieder zu Staub werden, sondern Andachtshelgen, Totenbildchen. Spielkartengroß, lange in Gebetbüchern herumgetragen und nun in einer Schachtel versorgt. Bunt durcheinandergemischt, wie sie das im Leben gar nicht geschätzt hätten. Aber streiten können nur Tarockkarten. In dieser Schachtel ist die Welt schwarzweiß, mit Ausnahme von ein paar Andenken an die hl. Mission in flotten Farben, gedruckt, wie es kursiv in der untern rechten Ecke heißt, *Mit kirchl. Druckerl.,* und darauf die Madonna oder die Immaculata oder der Gekreuzigte, fix und fertig, oder die knienden Könige vor dem Kind samt dem, was sie sagen, im verschnörkelten Spruch darunter: «O liebes Jesulein, Lass stets uns bei Dir sein, All' Gnaden sind ja Dein, O woll uns gnädig sein». Ohne den Spruch darunter wäre das jetzt eine valable Tarockkarte, eventuell auch jener Gekreuzigte. Brauchbar sicher auch die Muttergottes mit dem leicht schrägen Kopf, die Augen über mich hinwegblickend, auf einem zerzausten geflügelten Drachen stehend, der seine letzten Zuckungen macht auf einem Mond von der leicht grünlichen Tönung eines zu hart gekochten Eigelbs. Und hinter der Figur der Frau ohne Formen der Kreis einer Riesensonne – oder ist es eine Hostie? –, außenherum matt, und nach innen immer leuchtender. Unter dem Mond ein ruhiges Meer im Morgenrot, einem hellen Rot, von dem man nicht so recht weiß, ob es Sünde oder Seligkeit bedeuten soll. Aber wo zum Teufel ist Poseidon?

Dann eine ganz starke Karte, ein todsicherer Stich, eine wahre Explosion: der auferstandene Jesus voll in Aktion, in der Luft über dem Grab stehend, drinnen nur noch ein zerknülltes Leintuch, über den Schultern die rote, flatternde Toga, welche den Blick auf den robusten Brustkasten eines Superman freilässt, die Lanzenwunde zwischen den Rippen. Den rechten Arm hält er wie ein grüßendes Ski-Ass auf dem Podest, der kleine und der Ringfinger sind nach unten gelegt, die andern zeigen nach oben, wie um eine Zigarette zu halten, aber ohne Zigarette. In der Linken der Schaft eines eleganten Kreuzes, von dem eine Fahne herunterhängt, die in zwei flatternden Schwänzen endet, Frackschößen gleich, aber mit Troddeln. Der Ausdruck des Herrn froh, selig, mit langen Haaren wie Buffalo Bill, im Gesicht aber gleicht er dem Sepli Campora aus Disla auf den Tupf. All diese Heiligen-Tarocke mit *eccl. appr. und Imprimatur.* + *Georgius Epps. Cur.:* eine frühe E-Mail-Adresse.

Und jetzt die Reihen der Verblichenen seligen Angedenkens, die gewesen sind und nie mehr wiederkommen werden, und ich erinnere mich an Dante.

Lucas Turengia, gestorben 1915 den 15. Jänner, zwischen zwei Lorbeerzweige geklebt, welche das ovale Foto umfassen, ganz ähnlich dem Kranz, welcher das Brett mit dem

Hirschgeweih im Flur von Onkel Toni ziert. Schaut geputzt und gestriegelt in die Welt, wie es sich gehörte, und unter der Nase ein Schnauz so breit wie die Fliege, die er um den Hals trägt. Folgen sieben Zeilen Gebet und Exaudi.

Duf Tenner frommen Gedenkens, leicht abstehende Ohren, die weiß getupfte Krawatte nicht völlig korrekt, will heißen leicht schief, schaut mich an, als ob er mir eben ein Pferd verkauft hätte und sagen wollte: Es ist tadellos.

Laus Schmed, Fabrikant, geboren im April, am neunundzwanzigsten, anno achtzehnhundertundfünfzig, teuerster Gatte, Vater, Großvater, Schwiegervater, Schwager und Onkel, blickt an mir vorbei. Ich sehe das Profil eines Mannes, der rechnen und skontieren kann und sofort realisiert hat, dass ich kein Geschäftsmann bin. Vaterunser und Gegrüßtseistdumaria.

Lorenz Antoni Demarmels, um ihn wieder der Lorbeerkranz wie um den Zwölfender auf der «Jägermeister»-Etikette, in Uniform gestorben an der Spanischen Grippe im November achtzehn, schaut mit Filou-Blick unter dem Mützenschirm hervor. Und darunter steht geschrieben R. I. P.

Duri Barlotta, gleichen Namens wie der erste Landammann der Cadi, hat einen heiteren Blick und eine Nase wie ein Löschhorn. Ihn hat der Fotograf leicht von der Seite aufgenommen, sodass man nur ein Ohr sieht. Ein Mann, der wusste, was er wollte, und der im Leben draußen nicht unbedingt diesen schwarzen Kittel mit Krawatte trug. Schwarz eingerahmt, dahinter Psalm hunderteinundzwan-

171

zig, der von den Bergen spricht und dass die Hilfe von dort komme, nach einer Übersetzung der Vulgata.

Viele blicken aus ihren Bildchen auf mich, als ob sie etwas zu sagen hätten, und können nicht und müssen schweigen. Aber ich weiß, was sie sagen möchten, und mich fröstelt: «Die Jungen denken, dass wir so seien, wie wir aussehen. Aber was du siehst, sind die Maskeraden, die der Karneval des Lebens aus uns gemacht hat. Nur kleine Kinder und Besessene sind ganz so, wie sie sind.»

Da höre ich von ferne, wie das Cembalo der Greisin er-dröhnt. Sehe Oria, wie sie lacht, sich erhebt, wie sie tanzt, höre den schwarzschwarzen Rock, wie er rauscht und im Fluge sich bauscht.

Anmerkungen des Übersetzers

S. 18   *Pikenträger an der Landsgemeinde:* Die im Jahr 2000 zu Guns-
ten der geheimen Urnenabstimmung abgeschaffte Landsgemeinde des Kreises Disentis *(Cumin dalla Cadi)* war ein mit rei-
cher Politfolklore dekorierter Anlass. Sowohl der berittene
Landammann *(mistral)* als auch Figuren wie der Weibel *(salter)*
oder Pikenträger *(picher)* traten in historischen Uniformen auf.

S. 25   *270er-Kugel:* Auf der Bündner Hochjagd übliche Jagdpatrone
mit dem ungewöhnlich großen Kaliber von 10,3 mm.

S. 40   *ad usum delfini* («zum Gebrauch des Dauphins»): für Schüler
bearbeitete Klassikerausgaben, aus denen moralisch und poli-
tisch anstößige Stellen entfernt sind.
in maiorem dei gloriam: zum größeren Ruhme Gottes.

S. 41   *«Cur che jeu tras Cuera mavel …»:* «Als durch Chur ich traurig
zog …», Zeile aus einem bekannten surselvischen Volkslied.

S. 45   *Voc, scoli:* zu surselvisch *vocabulari* (Wörterbuch) und *scolast*
(Lehrer).

S. 46   *Tarockspiel:* Länger als im Wallis, im Kanton Freiburg oder
im Jura hat sich in Teilen der oberen Surselva das Tarockspiel
erhalten. Gespielt wird mit den 78 Karten des «Tarot de
Besançon». Die vier Farben (Bâtons/Stäbe, Epées/Schwerter,
Coupes/Becher, Deniers/Rosen) haben je König, Königin, Ritter
und Bauer und die «leeren» Karten von eins bis zehn. Dazu kommen die 21 Tarocke und der Narr, eine Art Joker. Die
21 Tarocke mit ihren kryptischen Motiven haben im Surselvischen Übernamen, die von Dorf zu Dorf variieren können.

S. 53   *Trunser Tuch:* Solider, rauer, meist grauer oder brauner Woll-
stoff, welcher in der 2001 geschlossenen Tuch- und Kleiderfabrik
von Trun produziert wurde.

S. 66   *Ritter vom Hl. Grab:* Katholischer Orden, dem Kleriker und
Laien angehören, sowohl «Ritter» als auch «Damen». Er ist welt-
weit in 50 «Statthaltereien» gegliedert und hat derzeit rund
20 000 Mitglieder. An der Spitze steht ein vom Papst ernannter
«Kardinal Großmeister» mit Amtssitz in Rom.

S. 72   *De profundis:* Beginn von Psalm 129, «Aus der Tiefe rufe ich zu Dir, o Herr ...», einst beliebtes Gebet, das oft auch nach den Mahlzeiten gesprochen wurde.

S. 78   *«Hitler-Zeit»:* In der Schweiz wurde die Sommerzeit 1981 auf dem Verordnungsweg eingeführt, nachdem sie in einer Volksabstimmung zuvor abgelehnt worden war. Die «Zeit-Diktatur» wurde anfänglich vor allem in bäuerlichen Kreisen vehement abgelehnt. In Deutschland war die Sommerzeit erstmals unter Adolf Hitler, am 1.4.1940, eingeführt worden.

de statt da: In den frühen sechziger Jahren des letzten Jahrhunderts entbrannte in der Surselva ein erbitterter Streit um die Angleichung der Schreibweise der Präpositionen de und da. Die sog. «Dadaisten» haben gewonnen, aber entschiedene Gegner der Vereinfachung gibt es bis auf den heutigen Tag.

S. 79   *Dei a nus nobis:* Aus dem *«Ora pro nobis»* (Bitt für uns) der Litaneien formte der surselvische Volksmund den Ausdruck «dar nobis» mit der Bedeutung «jemanden schelten, zurechtweisen».

S. 84   *Onna Maria Tuor-Arpagaus* (Rabius 1863–1948): Wurde von einem mehr als doppelt so alten Mann geschwängert und zur Heirat gezwungen. Erschlug ihren Gatten 1885 in einem Maiensäß in der Val Sumvitg, wofür sie mit 25 Jahren Zuchthaus bestraft wurde. Einziger bekannter Gattenmord mit weiblicher Täterschaft in der Rechtsgeschichte des Kantons Graubünden. *Onna Maria Bühler* (Domat/Ems 1774–1854): Wurde wegen ihres handfesten Eingreifens im Franzosenkrieg von 1799 als «Kanonenmaid von Ems» berühmt.

S. 93   *Häschen ... geh nach Trun ...:* Hasen, surselvisch *«lieurs da Trun»*, ist der Neckname für die Leute von Trun.

S. 102   *Sigisbert in Rätien:* Die Erzählung «Sigisbert im rhätischen Thale» des Disentiser Mönchs Maurus Carnot (1865–1935) thematisiert die Gründung des Klosters Disentis durch den irischen Einsiedler Sigisbert und war jahrzehntelang Pflichtlektüre in den katholischen Volksschulen der Surselva.

S. 103   *Kalifornien in der Val Reintiert:* Im Herbst 2000 fand der einarmige Goldwäscher René Reichmuth in der Val Sumvitg in einem Quarzfelsen über ein Kilogramm Berggold. Es handelt sich um den größten bekannten Schweizer Goldfund.

S. 106   *Placidus a Spescha:* Disentiser Benediktiner (1752–1833), Naturforscher, Historiker, Sprachforscher, Alpinist, Erstbesteiger vieler Bündner Berge. Als Zölibatskritiker, Aufklärer und Anhänger der Französischen Revolution war er in der Surselva eine isoliert-exotische Erscheinung und das Schreckenskind seiner Abtei.

S. 107 *Stevau:* Eigentlich StV, katholische Studentenverbindung. Die Übersetzung der kulturkämpferischen Hymne stammt aus der Feder von G.H. Muoth (vgl. Anm. zu S. 124).

S. 115 *Es war am Herz-Mariä-Fest …:* Es ist in der katholischen Surselva bis heute üblich, zum Kirchweihfest eine größere Anzahl Verwandte zu einem üppigen Mittagessen einzuladen.

S. 124 *Muoth lesen …:* Giacun Hasper Muoth (1844–1906), bedeutender rätoromanischer Dichter. Leo Tuor hat zusammen mit Iso Camartin eine 6-bändige historisch-kritische Ausgabe seiner Werke besorgt.

S. 129 *Quei ei la romontsch cotschna dils vagabunds:* Das ist das Rotwelsch der Vaganten.

S. 136 *Stai bein, Cadi! Clau Maissen sto fugir.* Leb wohl, Cadi! Clau Maissen muss fliehen. Aus dem einst populären Stück «Clau Maissen, Cumedia sursilvana» von Maurus Carnot (vgl. Anm. zu S. 109).

S. 138 *Tatsch:* Surselvisch *bulzani,* Mehlspeise aus Eiern, Milch, Mehl, Zucker und Rosinen.

S. 144 *«Was taugt dein Arm …»:* Aus *«Il cumin d'Ursera»* (Die Landsgemeinde von Ursern), Epos von G.H. Muoth (vgl. Anm. zu S. 124).

S. 152 *Beverin:* Psychiatrische Klinik bei Cazis.

S. 154 *Rätoromanische Chrestomathie:* 15-bändige Sammlung von Texten aller bündnerromanische Idiome, wurde vom Kulturhistoriker und Politiker Caspar Decurtins (1855–1916) aus Trun herausgegeben und enthält u.a. auch eine Sammlung von Kinderreimen.

S. 159 *Quamvis …:* «Wiewohl unter Wasser, setzen sie unverschämt unter Wasser ihr quäkendes Quengeln noch fort.» Ovids berühmter Quakvers auf die Unverschämtheit der lykischen Bauern. (Metamorphosen IV 376, Übersetzung G. Fink).

S. 169 *Totenbildchen:* In katholischen Gegenden wurde es ab ca. 1880 Brauch, zum Gedenken an verstorbene Familienmitglieder spielkartengroße Bildchen drucken zu lassen, welche nebst einem Porträt die Lebensdaten der Toten und ein Gebet enthielten und in Gebet- und Kirchengesangbüchern aufbewahrt wurden.

Die Passagen aus Moby Dick wurden der Übersetzung von Fritz Güttinger entnommen, diejenige aus «Des Kaisers letzte Insel. Napoleon auf Sankt Helena» von Julia Blackburn hat Isabella König übersetzt, das Zitat aus dem 1. Buch Mose entstammt der Übersetzung von Martin Buber und Franz Rosenzweig, Puschkins Gabrielade wird in der Übersetzung von August Plantener zitiert.

Der Übersetzer

Peter Egloff, geboren 1950, lebt als freier Autor in Sumvitg. Er studierte Volkskunde und Europäische Volksliteratur und war viele Jahre Redaktor bei Schweizer Radio DRS, danach Programmleiter der Televisiun Rumantscha. Er hat auch Leo Tuors erstes Buch «Giacumbert Nau» ins Deutsche übertragen. Im Limmat Verlag ist von ihm «Neu-Splügen wurde nicht gebaut. Berichte aus Graubünden» erschienen.